Le regard de la Terre

ISBN : 978-2-36652-313-3

Couverture : @ Charlotte Picouilla

Jean-Pierre Védrines

Le regard de la Terre

Collection Terres du sud

Ici longtemps après
émerveillé
par le même soleil
de mes quinze ans

Dans la tiédeur des roselières
plongent à jamais
des oiseaux
que je reconnais

Frédéric Jacques Temple, *Au Lac de Bret*

Mais le vent disait cette grandeur des pays,
il l'apportait sur les lèvres.

Pierre Gamarra, *Les Coqs de minuit*

Première partie

Jeanne

Chapitre I
Martin

Le jour, à la hâte, éveilla la pénombre des rues de Lunel. Un instant encore et il exalterait la blancheur d'oasis des habitations. L'été s'annonçait à peine. Un vent frais venu de la mer léchait le pavé. Les façades réverbéraient déjà la chaleur. Dans ses murs blancs et secs, la cité bleutée par la lumière s'animait.

Place de l'Hôtel de Ville, Jeanne Noé stoppa sa bicyclette qu'elle poussa devant elle jusqu'au parvis de l'église. La fête locale n'avait pas encore lancé ses foules bourdonnantes dans les rues. Le drapeau tricolore flottait sur la façade de la mairie. Déjà les commerces ouvraient leurs portes. Des enfants criaient en courant dans les ruelles obscures. Les cafés crépitaient des premiers appels. La jeune fille se dit qu'il allait faire chaud. Elle regretta durant quelques instants d'avoir cédé à la pression de ses amies qui l'avait invitée à la fête. La sécheresse qui accablait le pays depuis de longs mois grillerait un peu plus le raisin. Elle pensa à l'herbe roussie, aux souches assoiffées, tandis que la clarté du jour éclairait peu à peu les tuiles.

Jeanne allait sur ses dix-sept printemps. Sa mère, Fanny, était morte alors qu'elle n'en avait que dix. L'enfant avait grandi ballottée entre un père désespéré et des grands-parents, Antoine et Mélanie Foulquier de Cadole qui, ayant perdu leur fils aîné, Charles, lors de la Grande Guerre, se remettaient mal de la disparition de leur fille. Le frère de Fanny, Marcelin, d'un an plus jeune qu'elle, avait déserté le domicile familial pour vivre chez ses grands-parents, au domaine La Croix Saint-Aimé, et s'initier au métier de la vigne. Il était dès lors entré en conflit ouvert avec son père, Antonin Noé, qu'il accusait de lâcheté.

Jeanne avait rendez-vous avec Paule et Marie qui l'avaient conviée voilà quelques jours au *déjeuner aux près* où l'on mangerait, danserait, raseterait le taureau comme c'était la tradition. Sans cette invitation, la jeune fille, qui était une sorte de sauvageonne, ne se fut pas hasardée à aller courir derrière le *buòu*[1] au risque de se faire encorner.

1. Bœuf (occitan). Ici : taureau *d'abrivada*.

Elle n'eut pas à attendre longtemps, elle fut bientôt rejointe par Paule et Marie. Les deux filles, qui l'embrassèrent gaiement, ne s'étaient guère chargées de victuailles.

« Nous nous ferons inviter par les garçons », claironna fièrement Marie.

Sur le chemin du marais, un camion rempli de jeunes gens vociférants passa en trombe. Elles se firent siffler. Toute la jeunesse de la cité *pescalune*[2] courait aux prés à pied, à bicyclette ou en voiture. Le camion laissa derrière lui une traînée blanchâtre.

Les trois jeunes filles pédalaient en riant. La brise légère et fraîche apaisait leurs ardeurs. Une sorte de moue gonflait les lèvres de Marie. Elle avait les épaules nues, les bras pleins, les seins luisants et ronds sous la broderie de son caraco. Jeanne était simplement vêtue d'une robe blanche serrée à la taille par une fine ceinture. Elle portait des chaussures plates, des socquettes grivelées. Elle éclatait de jeunesse, possédant des courbes d'une plénitude encore inachevée, une taille fine, des seins fermes et doux. Paule laissait dormir la salamandre dans l'eau de ses yeux verts. C'était une fille de lumière au ventre rond, aussi vive que l'air de l'été. Le soleil montait maintenant au-dessus des vignes. Jeanne pen-

2. De l'occitan *pescaluna*. Surnom des habitants de Lunel (Pêcheurs de lune).

sait que ce soleil, c'était comme un mot brûlant dans un fichu noir. Un sourire fané, un air de violon... Dans sa tête voletait un papillon bleu : celui de ses rêves d'enfant. Le chemin s'éclairait. Le soleil accrochait ses rayons aux pierres d'un vieux mur. À chaque coup de pédale, le paysage changeait. Le vent flétrissait la chaleur. Le jour descendait des feuilles des arbres. Un bruit de sonnailles égaya l'atmosphère. Les étoiles de la nuit s'éteignirent dans les roseaux.

Elles arrivèrent à l'Ornède.

Bientôt, le pré ne fut qu'un champ de soie secoué par les rires et les cris. L'on mit à cuire la saucisse sur des feux de bois, l'on emplit les verres de carthagène. Les jeunes filles furent bientôt happées par des fêtards débraillés qui chantaient. L'un des garçons avait un visage peint avec du noir de fumée, ses yeux étaient entourés d'une couleur rouge vif. Mais il souriait et, sans trop savoir ce qu'elle faisait, elle lui prit la main.

— Martin, dit-il, Martin Estrine.

— Jeanne Noé, chuchota-t-elle.

À son regard, elle reconnut le jeune homme aux yeux de diamant qui hantait ses nuits. Elle comprit que désormais la barque avec ses rames sombres allait s'éloigner. Elle ne la verrait plus dans ses rêves. L'inconnu aux yeux de diamant était devenu réalité. Elle avait enfin son grand secret.

Il l'entraîna vers un feu que tisonnait un *festejaire*[3] en fredonnant *La chanson des Blés d'or*. Lorsque les clameurs montèrent du *bouvau*[4], ils surent que les festivités avaient commencé. Elle le regardait. Il lui souriait. Elle dit simplement :

— Enfin, je t'ai trouvé.

Un nuage minuscule s'était égaré au-dessus de l'étang. Quand on lâcha la vachette dans le pré, ce fut la débandade. Enlacés, ils ne bougèrent pas. Elle avait très chaud, tout à coup. Pour se donner du courage, elle chuchota son nom :

— Martin.

Excitée par l'idée d'être renversée par la bête, elle s'accrocha à lui.

— Ne bouge pas ! lui murmura-t-il à l'oreille.

La vachette fonça sur eux et, au dernier moment, les évita. Ce fut un tonnerre d'applaudissements, de sifflets.

L'ombre se déplaça. La fête battait son plein. Le ciel restait lumineux. Les lèvres de Jeanne remuaient sans bruit. Elle sentait que quelque chose au fond d'elle appelait Martin. Ah ! La belle journée !

3. Fêtard (occitan).

4. Petites arènes en bois propres à chaque manade (occitan provençal).

À midi, épuisée, elle rentra dans la vieille maison des Noé. C'était une maison de pays à la cour carrée où l'on entreposait les charrettes dans le caquètement des poules et l'odeur du purin de l'écurie proche. Jeanne avait le visage barbouillé de noir de suie, portait des traces de peinture sur ses vêtements. Elle se sentait lasse et craignait la réaction du père. Dès qu'elle eut posé sa bicyclette contre le mur, elle l'entendit bouger dans la cuisine. Elle poussa la porte et entra. Sur la table, une bouteille vide et un verre rougi de vin. Le père, tête baissée.

— Papa, tu n'as rien mangé.

Le repas était prêt. Il n'avait rien absorbé de solide et il avait siroté son horrible piquette. Depuis la mort de la mère, Antonin Noé se laissait aller.

— Plus rien, grommela-t-il, plus rien, qu'on me foute la paix !

Journalier descendu de la montagne, Antonin Noé avait été embauché par Antoine Foulquier de Cadole. Pauvre, mais jeune et beau, il avait séduit Fanny. Ils avaient eu deux gosses. Jeanne se souvenait du regard de sa mère, ce matin-là. Un matin d'hiver alors que la neige tombait à gros flocons. Elle toussait. Elle avait une goutte de sang au coin des lèvres. Elle était debout devant la cheminée. Elle sourit à la fillette puis s'en alla dans sa chambre. L'enfant l'entendit vomir. À présent,

Jeanne allait vivre sa vie de femme. Mais que deviendrait Antonin ?

Le temps passa. Le montagnard absorbait des quantités d'alcool de plus en plus grandes. Il mourut quelques années après Fanny, anéanti par la disparition de la jeune femme.

Chapitre II
La guerre

— Demain, c'est le départ, grogna Martin. Saleté de guerre !

Ils s'assirent sur le banc de pierre, côte à côte, sous le micocoulier de la cour.

— Tu te souviens de notre première rencontre ? demanda-t-elle, comme si elle voulait apaiser ses angoisses.

Il se rappelait son rire éclatant, ses dents blanches, sa force. Jeanne avait la vie chevillée au corps. En quelques secondes, Martin revit la vachette qui avait foncé sur eux.

Elle l'aimait depuis ce jour-là. Depuis leurs premiers mots, depuis le premier baiser. Jeanne avait un corps nerveux tout en rondeur, c'était un aramon aux grains noirs et mystérieux.

Martin, au moment de la déclaration de guerre, avait vingt-deux ans. Il rejoignit le front avec son unité, ne sachant pas – comme tous les soldats français lancés dans ce bourbier – que le maréchal Pétain venait de dire à ses collaborateurs : *La plus grave erreur de la France, c'est l'entrée en guerre…*

Dès octobre 1939, le commandement de l'armée infiltré par la Cagoule considérait la défaite comme inévitable. Mais dans le ciel de mai 1940, les soldats ignoraient tout cela. Les stukas miaulaient à pleine gorge au-dessus de leurs têtes et bombardaient les chars. Bientôt, le front fut enfoncé. Les Allemands franchirent la Somme. Martin combattait dans une unité de transmission. Il était l'ordonnance du capitaine Deforges.

L'officier prit place dans le side-car. Au loin, le canon tonnait. On entendait le bruit affaibli des mitrailleuses. Deforges eut un geste brusque.

— Allons, Estrine, filons au PC !

— Mais où se trouve-t-il, mon capitaine ?

Un tir d'artillerie éclata non loin de là.

— Au village, peut-être, balbutia l'officier, mais il est temps, prenons la route !

Dans la matinée, la pluie cessa de tomber. Le side-car s'enfonçait dans un vallon quand ils aperçurent les premières maisons. Trois cents mètres avant d'arriver au village, Martin ressentit un choc violent, le side-car se renversa. Un cri à peine, et du sang dans le noir de la barbe de l'officier. Martin eut tout juste le temps de se jeter sous un buisson.

« Mon capitaine ! »

Deforges ne répondit pas. Il semblait regarder le ciel, la bouche ouverte, un filet de sang au coin des lèvres. Un éclat d'obus lui avait traversé la poitrine. Des chars fonçaient à travers les pâtures. Martin se glissa dans le bois, son fusil en bandoulière, le revolver du capitaine à la main. Le jeune soldat se demanda si sa blessure à la jambe gauche était grave. Par moments, il titubait. Où aller ? Le roulement d'un bombardement se fit entendre. À deux kilomètres, en direction du sud, caché par un rideau d'arbres, il aperçut le clocher d'un bourg. Il décida de s'y rendre. Après quelques minutes de repos, il reprit sa marche. Sa jambe blessée le faisait souffrir. Finalement, il déboucha sur une route de campagne. En proie à une cohue incroyable, des gens à pieds, femmes, enfants et vieillards, le baluchon sur l'épaule, des carrioles, des charretons… fuyaient l'avance de l'ennemi. Des cyclistes se faufilaient comme ils le pouvaient entre les véhicules. Tout un peuple quittait la zone des combats dans le plus grand désordre. Martin ne retrouva pas son régiment. L'armée était en déroute. Il avait erré toute la journée. Il était à bout de forces et la nuit tombait. Une voiture sanitaire s'arrêta à sa hauteur.

— Hé, mon gars, bouge-toi ! Sont sur notre cul, les boches ! Merde, t'es blessé ? Attends un peu !

L'infirmier l'aida à se relever. Il l'installa sur le siège à ses côtés et prit le volant. Des hommes couchés sur des civières gémissaient à l'arrière.

— Si j'arrive pas rapidement au patelin, la faucheuse va faire des siennes !

Le véhicule démarra en trombe. Martin, qui n'avait rien mangé depuis deux jours, tombait de fatigue.

— Moi, dit le conducteur, je m'appelle Mage, Armand Mage, et s'il n'y avait pas mort d'homme, mon gars, ce serait comique… Hé !…

Martin s'endormait. Une force impérieuse le chavirait dans le sommeil.

La sanitaire fonça sur la route avec son chargement de blessés. Peut-être Mage allait-il trouver ce qu'il cherchait ?

Ils arrivèrent enfin dans la cour d'une ancienne fabrique désaffectée qui servait d'hôpital. Une voiture stoppa net devant eux. Un général en descendit. Mage porta la main à son front.

— Allons, mon petit, que faites-vous là ? Vous n'êtes pas encore partis ?

Mage, interloqué, balbutia :

— Mais mon général…

On se battait à deux kilomètres. L'officier supérieur donna des ordres brefs. On trimbalait des blessés dans des véhicules militaires. Des soldats dégringolaient les escaliers. Des infirmières, affolées, poussaient des cris de volailles effarouchées.

— C'est la débandade, dit Mage,

Martin s'éveilla, se racla la gorge.

Il fallait encore fuir, s'échapper. La sanitaire démarra.

— Pas une guerre, grogna Mage, une débâcle !

La voiture roulait sur une route qui bordait un plateau. « Heureusement que j'ai fait le plein avant de décamper », déclara Mage.

Ils traversèrent un village tenu par une poignée de soldats. Sous la protection de quelques chars, les hommes attendaient les panzers. Derrière les collines embrumées, les bombardements reprirent.

« Ils foutent sur la gueule à Huntziger », grogna Mage.

Au village suivant, on stoppa car les blessés avaient soif. Le PC de la compagnie de Martin était là, sous le préau de l'école.

Sous les platanes, tout paraissait tranquille. Il y avait même une vieille paysanne qui observait la scène. Tandis que Mage et les hommes encore valides remplissaient leurs bidons à la fontaine, Martin s'approcha. Il était venu deux fois apporter un pli de Deforges… Mais était-ce bien là ?

— Il n'y avait pas des militaires dans l'école ? demanda-t-il.

La vieille fit un geste en direction du lointain.

— Partis. Ils ont vite décampé ! Ah ! De beaux officiers ! Ils criaient : *Foutez-le feu aux papiers, les boches sont là !* Ils ont répandu de l'essence et ont brûlé leurs documents !

Qu'est-ce que c'est, cette guerre, au juste ? se dit Martin à lui-même.

À la sortie du village, on leur tira dessus. Quelques balles venues d'un bois sifflèrent au-dessus de leurs têtes.

— Les cons, ils mitraillent les ambulances, maintenant ! gueula Mage en accélérant.

La jambe de Martin était enflée. Il fut soigné par un médecin dans un poste de secours. On renouvela son pansement. La douleur était lancinante. Il revenait toujours par la pensée sur ces derniers jours de combat. Des chars s'avançaient, les hommes tiraient sur les panzers, et puis le feu… Le sergent Comte disait : « On contre-attaque ! » et mourait d'une balle dans la poitrine, laissant échapper un râle profond.

Cette guerre étouffait la voix de la France. On ne voyait que son malheur, pas son cœur et encore moins son âme. Un sentiment de honte avait fini par saisir Martin. Pourquoi ? Plus tard, les historiens se pencheraient sur ces journées fatidiques. Les hommes n'avaient pas de chefs, l'armée était en proie à la plus grande désorganisation, elle était incapable de s'adapter à une guerre moderne. Pas de provisions, pas d'essence pour les chars, pas d'aviation : comme s'il était normal d'être battus.

Mage se faufila jusqu'à Martin en poussant des cris et en faisant de larges moulinets avec son bras.

— Faut qu'on se tire, mon gars, les boches sont…

Il ne termina pas sa phrase, une sourde déflagration retentit qui secoua le bâtiment. Un morceau de plafond s'écroula sur les lits.

Des malades gémirent, d'autres hurlèrent. Les infirmières tentèrent d'apaiser les plus angoissés.

— Caporal ! Vite, foutons le camp ! Grouille-toi !

Martin s'agenouilla pour prendre ses affaires. Les deux hommes se précipitèrent dans la cour. Des voitures brûlaient. La sanitaire n'était plus qu'un amas de ferraille. D'un camion, un soldat hurla :

— Les chars sont derrière nous !

Les deux combattants coururent vers le véhicule.

— Où vas-tu ? demanda Martin au sergent qui conduisait.

— À Til-Châtel, j'ai l'ordre de faire un barrage avec les spahis pour empêcher l'ennemi de passer…

— Il y a de l'artillerie ?

— Non, mais on creusera des trous et on attaquera à la grenade.

Le sergent se nommait Garrone. Mage ricana. Il allait lui demander s'il se foutait de lui quand des stukas engagèrent les hostilités. Ils eurent tout juste le temps de rouler dans le fossé, sous un arbre. Les bombes ébranlèrent l'air. Les toits de plusieurs maisons s'écroulèrent. Le bâtiment prit feu. Des vaches dans un pré tout proche, touchées par des balles, meuglèrent.

Dans le bas-côté, deux civils qui fuyaient furent tués. Le camion avait été épargné. Un miracle ! À Til-Châtel, les spahis n'étaient plus là, ils s'étaient repliés plus au sud, précédés par une colonne de civils.

Garrone grogna.

— Impossible de se battre, foutue armée ! Et les généraux, ils sont où ? Hein ?

Mage haussa les épaules.

— T'as pas encore compris, mon gars ? Vendus, je te dis ! Ils nous ont vendus !

La route de Dijon s'ouvrait devant eux. Ils s'enfoncèrent dans l'obscurité, espérant que les chars de la *Panzerdivisonnen* ne leur couperaient pas la retraite.

*

Ils roulèrent plusieurs jours, emportés par le flot de la débandade où se mêlaient civils et militaires. Puis, une nuit, épuisés, ils se couchèrent dans un champ. À l'aube, ils dormaient pesamment sous un vieux pin qui avait des allures de géant. Le bruissement de l'eau contre une racine éveilla Martin. Il secoua Mage et Garrone.

— Quoi ? gémit Mage en sautant sur son fusil.

— Écoute ! C'est un bruit de source !

Martin était à plat ventre en train de chercher d'où venaient les clapotements. D'une main, lentement, il écarta un buisson. Un mince filet d'eau s'écoulait à quelques mètres d'eux et alimentait un ruisseau. La nature engourdie par la fraîcheur de la nuit faisait remonter sa force jusqu'à la lumière.

Martin remplit sa gourde. Quand elle fut pleine, il laissa échapper un petit cri. Puis il but, tremblant légèrement de froid. Alors il sentit en lui une énorme poussée de joie. L'eau était pure et fraîche, avec un léger goût de fumée.

— Regardez, dit Garrone, une ferme !

Quand ils arrivèrent devant la masure, un homme en sortit.

— Ah ! Elle est belle l'armée française !

Garrone détourna la tête, mais Mage avec sa gouaille fit front.

— Dis donc, le vieux ! T'étais à Verdun peut-être ?

— Parfaitement…

— Eh ben grand-père, nous, on en vient, de Verdun ! Et même que la ville est en feu ! Pas de quoi être glorieux, mais la guerre n'est pas finie !

Le paysan se racla la gorge.

— Justement, c'est qu'elle est finie, mes enfants, la guerre, déclara une voix douce dans le dos du vieux. Hier, Pétain l'a annoncé à la radio. Ils ont signé l'armistice.

Mage siffla.

— Maintenant les Boches vont nous en faire voir ! Adieu la liberté !

— Merde, gémit Garrone, c'est quoi, cette histoire ? L'armistice ?

— Léonce, dit encore la voix dans l'ombre de la cuisine, fais donc entrer ces messieurs, ils doivent avoir faim.

La vielle paysanne avait sorti des bols et versait le café. Elle coupa de larges tranches de pain.

— Mangez, dit-elle, on ne sait pas ce qui peut arriver demain !

Martin et ses compagnons furent démobilisés le 20 juillet 1940 à Montluçon. Sur la feuille de route qui autorisait Martin à rejoindre ses foyers, le soldat du Centre de démobilisation avait écrit au crayon en haut et à gauche : *Zone libre.* C'est à son retour que Martin apprit la triste nouvelle. Tandis que le drapeau allemand à croix gammée flottait sur la tour Eiffel, que les troupes de Von Bock descendaient les Champs-Élysées, comme s'il ne pouvait en supporter plus, Antoine Foulquier de Cadole mourut à la suite d'une crise d'urémie dans la nuit du 15 au 16 juin 1940. Mélanie se trouva seule à la tête du domaine La Croix Saint-Aimé. Elle fit appel à Martin qui accepta de l'aider. Elle le nomma régisseur.

Chapitre III
Jean

Avec l'arrivée de l'automne, les choses se gâtèrent. À Lunel, comme d'ailleurs partout en France, on ne trouvait plus d'essence. Peu à peu, les automobiles s'arrêtèrent de vrombir sur les routes. Dans les champs, les tracteurs se turent. Un matin, la cavalerie belge, dont on avait aperçu tout l'été les officiers à la terrasse du Glacier, repartit pour Bruxelles. On manquait de tout, d'huile, de sucre, de café. Le soir, lorsque Martin et Jeanne déambulaient en ville, ils n'entendaient plus que le froufroutement des bicyclettes, des voix d'enfants ou le chant des moineaux.

Martin se levait très tôt pour aller travailler. Souvent, il confiait à Jeanne : « Je t'ai appelée toute la journée. Dans les vignes, je prononçais ton nom : Jeanne ! »

Elle riait. Il disait encore : « Dès que nous le pourrons, je t'emmènerai à la mer, dans l'ombre bleue du bois des Abîmes. »

En décembre, quelques jours avant Noël, ils se marièrent. Le maire les attendait les pieds dans ses sabots garnis de paille. Martin grelottait dans son vieux costume gris. Jeanne était vêtue d'un tailleur lilas blanc serré à la taille. Les amis étaient venus, du moins ceux qui avaient pu.

Après la cérémonie, on servit la Blanquette. Le soir, on fit la fête. Le lendemain, Martin alla au travail comme si de rien n'était. Dans l'année qui suivit, en plein hiver, leur premier enfant vint au monde. Ils le prénommèrent Jean.

Jean pleurait pour qu'elle le prît dans ses bras. Il voyait la lumière, le bleu du ciel, l'herbe, le soleil. Il entendait bruire les roseaux. Autour de son pied tournait un hanneton. Il savait qu'elle était là, cette force qui le nourrissait. C'était sa joie, sa source de chaleur et de quiétude. Elle allait le sauver de cette horrible bête. Il cherchait son animal en peluche. Il l'appelait Pinpin. À ses côtés aboyait la petite chienne blanche et noire que Martin avait apportée à la maison. Elle se nommait Tosca.

Jeanne vint. Elle chassa le hanneton d'un revers de main, apaisa la chienne. Elle souffla au visage de l'enfant des mots de lumière. « Mon Jean, mon amour, tu as faim. »

Elle le prit dans ses bras, plaça son sein gauche sur ses lèvres. Il avala goulûment la première goutte qui perlait. Le nourrisson entendait des voix, des rires, des chansons. Il ne comprenait pas ce que tout cela représentait. Il y avait les bruits doux et ceux qui l'inquiétaient. Mais la chaleur de Jeanne était là qui le rassurait. Sa peau fine, sa voix, ses gazouillis. La mère chassa une mouche qui était venue se poser sur le bout de son nez. Un parfum de vigne en fleurs montait de la terre.

Jean s'agita.

Elle le serra dans ses bras, le dorlota. Il entendit le rire aigu d'un animal. Un oiseau s'égosillait au-dessus de sa tête. La jeune femme était heureuse. Elle regardait son enfant en minaudant. Elle lui parlait. Les tamaris se froissaient doucement dans le vent. Les oncles, les tantes, les cousins s'en donnaient à cœur joie. La voix des blanquettes se coulait dans le soir. Jean bougeait sur le sein de Jeanne. Au loin, il y avait cette eau immobile. C'était l'étang. L'étang de l'Or.

— Il a encore faim ? interrogea Martin.

— Non, répondit Jeanne, il a bien tété.

Une barque glissait au fil du canal. Un cabanier en sifflotant s'avançait à la gaffe. Jeanne leva la tête. L'homme lui sourit. Autour des habitations, des grenouilles coassaient. On apercevait la croupe d'un percheron. C'était le cheval que Martin avait caché dans les roseaux. À cause des Allemands qui avaient tout réquisitionné.

Mais le monde allait bientôt écraser la vermine qui l'avait envahi. Demain n'était pas loin où les hommes de France chasseraient l'occupant. Martin marchait sur les berges, Jeanne, avec Jean dans ses bras, était à ses côtés. L'enfant était coiffé d'un bonnet de laine. La mère pensa que Jean allait bientôt faire ses premiers pas. Pendant ce temps, le soleil se couchait sur l'étang.

Le lendemain, la cloche du village se mit à sonner. Les sirènes mugirent. C'était l'alerte. Les avions bombardaient l'aérodrome de Fréjorgues. La crainte qu'une bombe ne s'égarât sur les habitations précipitait la population du village dans les vignes. Jeanne poussait le landau de Jean dans les chemins boueux. Au loin, on entendit le bruit des bombes qui éclataient.

Lors des alertes, Martin, qui avait quitté son travail, la rejoignait, essoufflé, transpirant à grosses gouttes. Quand le danger était passé, ils revenaient à la maison. Ils rencontraient parfois un vieux qui tirait une chèvre au bout d'une corde ou un travailleur des champs qui rentrait à la hâte.

*

Jeanne déposa Jean dans les bras de Mélanie Foulquier de Cadole, sa grand-mère. On n'avait plus rien à manger. Il fallait faire les courses. Les hommes qui travaillaient aux champs, lorsqu'ils étaient affamés, après avoir grignoté un croûton avec un *forç de cebas* ou une *cebeta*[5], selon leur richesse du moment, buvaient du vin pour couper leur faim. Martin avait toujours faim. Il disait qu'il pourrait manger durant deux jours sans s'arrêter. La vigne souffrait.

Jeanne faisait la queue chez le boulanger, le boucher et l'épicier. C'était la grande époque du topinambour, du marché noir pour les plus débrouillards. On disait *les restrictions* comme s'il se fût agi d'un remède ou d'un jeûne prolongé.

Les paysans devaient tout donner aux Allemands, mais la plupart, arrachant ici ou là une vigne, avaient planté du blé. Ils élevaient, cachés au fond des granges obscures, cochons, lapins et poules.

Martin arrivait quelquefois, en faisant la tournée des

5. Un paquet d'oignons ou un jeune oignon (occitan).

mas, à acheter des œufs ou une volaille.

Jeanne était heureuse lorsqu'elle rapportait à la maison un morceau de pain, un peu d'huile ou quelques sucres. Jean fit ses premiers pas sous l'œil de Mélanie, pendant que Jeanne piétinait devant la boulangerie.

Mélanie applaudissait à la moindre de ses prouesses. Elle lui chantait d'une voix douce :

Dan, dan
Tot çò que s'aprén al malhòl
Òm se'n soven duscas al clòt[6]

Lorsque Jeanne revenait, elle prenait Jean dans ses bras. L'enfant entendait la voix de sa mère qui glissait contre sa joue. Elle lui disait : *Petit cavalier ensoleillé, mange-moi le nez !* Jean riait. Jeanne l'embrassait, cherchait dans ses yeux *lo pè del cèl*[7].

Mélanie, pendant ce temps, remplissait son chauffe-pieds de braise. Le doigt de Jeanne glissait sur les lèvres de l'enfant. Jean écoutait une seconde le torrent qui grondait dans le cœur de sa mère. Il l'observait. Jeanne avait un visage d'eau marqué par la douceur. Elle avait la force et la simplicité des humbles : l'éclat de la lumière rose du matin. Sous le regard de l'enfant,

6. On se souvient jusqu'au tombeau
De tout ce que l'on apprend en maillot
(occitan).

7. L'horizon (occitan).

elle devenait feuille de transparence, poisson de feu. Fragile, elle ressemblait à une fleur frissonnante qui grelotte de froid le crépuscule venu. L'enfant était comblé par la tendresse de la mère.

S'approchant de la fenêtre, elle lui montra du doigt les nuages qui galopaient dans le bleu du ciel. Il l'entendit chantonner.

Chapitre IV
La ville est libérée

Ce jour-là, ils étaient venus rendre visite à la cousine Laure. Jean ne comprenait pas très bien ce qui se passait. On lui avait confectionné un drapeau français qu'il agitait fièrement. Jeanne disait que tout allait changer. Les Allemands chassés hors de France, on allait être libre. « Oui, répondait la cousine, c'est fini le temps du malheur. »

On avait vu les soldats du Reich battre en retraite sur des remorques que tiraient des chevaux volés aux paysans, d'autres s'essoufflaient sur des bicyclettes en traînant des carrioles, des officiers s'enfuyaient dans de vieilles calèches. Des blindés quittaient la Place de l'Œuf à Montpellier pour remonter vers le nord.

La cousine s'était assise à l'entrée de sa cuisine, la porte entrouverte sur le boulevard. Elle avait de beaux cheveux blancs, de longues jambes qu'elle croisait sous sa robe noire. Grâce à ses doigts agiles, les aiguilles à tricoter bougeaient comme les ailes d'une libellule posée sur un jonc. « Vous savez, déclara-t-elle à Jeanne, mon mari était hier soir à la préfecture avec d'Astier. Ils ont nommé un nouveau préfet. C'est un certain Bounin, dit Maigret… »

Dehors, la rumeur s'amplifia. Martin crut entendre des grincements de roue. Le père et le fils sortirent sur le trottoir où la foule commençait à s'amasser.

Pour son premier Noël à l'école, on avait offert à Jean un tambour. Martin confia à son fils que c'était le tambour de la liberté.

— Pourquoi, papa, le tambour de la liberté ?

Tout en attendant l'arrivée des libérateurs, Martin expliqua à son fils :

— Parce que la France, avec le général de Gaulle, va redevenir ce qu'elle a toujours été : une grande nation !

Ils arrivaient, en effet, les libérateurs. Jean souffla sur son drapeau. Bleu. Blanc. Rouge. Martin pensa : *Jean va grandir et, demain, il sera comme la liberté que nous avons retrouvée : un lys, une lumière pure.*

On entendit un bruit de moteur. Les gens sortaient de leur maison et se pressaient sur la voie publique.

Enfin, une femme cria : « Les voilà ! » C'était l'avant-garde de l'armée de De Lattre. Jean s'accrocha au pantalon de son père. Jeanne les rejoignit bientôt. Sa main plongea dans la chevelure de l'enfant. Elle était douce comme une étoile, comme une matinée de printemps. Un cri fusa de la foule : « Voilà les fusiliers marins ! » Jean s'agita. Il voulut crier, mais ne le put pas. Son petit cœur se mit à battre plus fort. Les soldats étaient vêtus de kaki, le pantalon serré à la cheville par des guêtres. Sur leurs bérets brillait un pompon rouge. Au bras gauche, ils portaient une croix de Lorraine comme une fleur qui va éclore. Ils avaient la peau hâlée par le soleil d'Afrique. La rumeur s'amplifia. Les gens étaient heureux. On s'embrassait. On se congratulait. On riait. Lorsque les soldats s'arrêtèrent, les habitants apportèrent à manger et à boire. Dans des marmites de terre, on leur offrit du civet de lapin adouci d'olives, de laurier et de thym. C'était la fin d'un cauchemar, beau et douloureux.

Quand l'ordre de départ survint, Jean agita son petit drapeau. Pour la première fois, il entendit le son de sa voix portée par le vent chaud de l'après-midi : « Vive la France ! »

*

La France libérée, c'était un pays que l'aurore ensoleille. Martin attela à sa bicyclette la carriole dans laquelle Jeanne s'assit avec Mathieu dans ses bras, le dernier né. Jean prit place sur la selle que Martin avait installée sur le cadre.

« Vous faites un fameux équipage, monsieur Estrine ! » s'écria un voisin.

Jeanne éclata de rire.

La sortie à la mer, en ce dimanche matin de l'après-guerre, était une fête. Martin était jeune, son coup de pédale, vigoureux. Le vent du nord l'aidait qui soufflait dans son dos, poussant l'attelage vers la Grande bleue.

Jean pensait à la mer. Pour la première fois de sa vie, il allait se baigner. Il voyait ce qu'il y avait de plus beau : l'espace, le vent, le ciel, la lumière. L'attelage s'enfonça dans un océan de vignes, en route vers le Grau-du-Roi via Marsillargues.

Bientôt, Mathieu s'endormit dans les bras de Jeanne. La traversée du Vidourle se fit sous un soleil déjà chaud. Martin transpirait à grosses gouttes. Sur le bord de la route, des villageois endimanchés se moquèrent d'eux. :

— Vas-y Bartali !

Jeanne, rouge de confusion, leur cria :

— Que vous êtes bêtes !

Passé le petit pont sur le Vistre, l'attelage s'arrêta. La famille fit la pose, assise sur un talus. Jeanne essuya le visage de son homme.

— Mon Dieu, comme tu as chaud !

Martin se désaltéra. Jean tendit à Mathieu une croûte bien dure pour ses gencives. Il se réserva le petit bout de fromage. Le marais, Martin le connaissait bien. Il y avait travaillé dans son jeune temps : on était dans les environs du mas de Cachemire, non loin de Psalmody.

— Là-bas, dit Martin à Jeanne, c'est le bois de Corbière.

Au-dessus des roseaux, le soleil était une cavale sauvage qui tremble, un mirage sur la terre chaude. La sansouïre laissait venir jusqu'à eux des bruits légers auxquels, malgré eux, ils prêtaient l'oreille. Des branches basses d'un tamaris s'envola un oiseau.

Jeanne, qui observait le lointain, s'exclama soudain : « Oh ! Regardez ! *La vielha dança* [8]! »

La chaleur faisait vibrer l'air. Au loin l'image se dédoublait, se reflétait et ondulait.

Jean, qui ne savait pas ce qu'était un mirage, demanda d'une petite voix grêle :

— C'est encore loin, la mer ?

Jeanne le rassura.

— Nous arrivons, tu pourras te baigner.

8. C'est à propos des mirages fréquents en été que les Camarguais disent : *la vielha dança* (occitan). La *vieille*, c'est le pays, la terre, la nature.
Jacques Durand, *André Bouix, gardian de Camargue*, Voix des pays, Stock, 1980.

Brutalement, après avoir gravi le pont des Salins du Midi, Martin, montrant du doigt la ligne d'horizon, claironna :

— Regardez ! Le Grau-du-Roi !

Jean frémit de bonheur. L'air du large faisait battre son cœur plus rapidement. La joie lui venait à la tête. Le soleil lui picotait le visage. En se redressant légèrement au-dessus du guidon, il aperçut des maisons de pêcheurs aux teintes rose pâle. La lumière semblait donner des forces supplémentaires à son père qui poussait encore plus fort sur les pédales.

La brise marine apportait maintenant la fraîcheur de la mer. Elle effleurait de son aile le cycliste en plein effort. Le bonheur survint quelques minutes plus tard : ils arrivaient à destination. Sur la plage, Martin, à l'aide d'une vieille bâche, construisit vite un abri. Les écailles bleues du ciel étourdissaient les enfants. Avec Mathieu qu'il tenait par la main, Jean courut dans les vagues. Jeanne vint les coiffer de casquettes.

— Attendez pour vous baigner, dit-elle d'une voix froide, il vous faut digérer !

Les maillots de laine grattaient. Sur la peau, le soleil brûlait. Au bout de quelques minutes, les deux frères vinrent chercher Martin pour jouer.

— Papa, on veut faire un château…

— Les enfants, laissez votre père se reposer ! Allez ! Ouste !

Martin s'était endormi, la tête sous la bâche. Il ronflait.

Mathieu demanda à Jean :

— Qu'est-ce qu'il a, papa ?

— T'inquiète pas, grogna Jean, il dort !

On entendait le vent glapir. La lumière teintait d'azur pâle le vert profond des eaux.

Le lendemain de leur équipée au bord de la mer, il y eut cette femme, *la Tondue*. Elle vint rendre visite à Jeanne. En entrant dans la pièce, sans un mot, elle rajusta son foulard. Jeanne dit : « Mon Dieu, Marie… »

Jeanne trouvait odieux le sort réservé à celles qui avaient eu des relations avec les soldats allemands.

Dans les arènes archicombles, on les avait fait monter sur une estrade et on les avait tondues sans ménagement. Au bout de deux heures de vindicte, d'insultes, on les avait relâchées.

« Vous savez, Jeanne, ce n'est qu'un mauvais moment à passer, les hommes vous insultent, les femmes vous crachent dessus, mais il y a encore la vie… n'est-ce pas ? »

Jeanne lui offrit une tasse de café.

Marie, le crâne rasé, la tête recouverte d'un fichu, se leva. Elle quittait Lunel. Elle allait vivre ailleurs. Elle avait des yeux aussi bleus que le ciel. Le visage fermé, elle dit au revoir à Jeanne avec des sanglots dans la voix.

*

Le ceinturon de cuir dans les mains de Martin. Un ceinturon qui fait mal. Pas comme une gifle ou une morsure. Une lanière qui brûle sur la peau.

Avait-il cassé un vase ? Volé un sou ? Dit une bêtise qui avait excédé son père ?

Jean ! Le corps de Jeanne le protégeait. Il ne voyait que cela : la cuisse haute, douce, ses mains agrippées à la robe.

— Non, Martin, disait Jeanne.

La colère dégringolait des yeux de Martin.

— File dans la cour, ordonnait-elle à Jean, et n'embête pas les poules !

Jean courait sous le hangar, sautait de charrette en charrette. Bientôt, il oubliait la colère de son père. À l'heure du repas, Jeanne l'appelait. Quand il entrait dans la cuisine, elle servait la soupe. Plus haut que son cœur, il entendait sa mère lui faire part de ses secrets.

L'hiver vint très tôt, cette année-là. Quand Jeanne poussa la porte, toute la lumière du ciel et de la terre sauta au visage de Jean. Elle tenait son sac à provisions de la main droite. Elle lui souriait. Il neigeait.

C'est alors qu'elle glissa. Elle tomba en arrière. Jean vit les jambes luisantes de sa mère, ses talons, ses chevilles. Les provisions roulèrent dans la neige. Mathieu pleurait. Martin accourut.

Jeanne n'avait rien. Elle avait glissé sur le seuil. Il faisait un temps exécrable qui colorait les rues d'hermine. Elle n'avait pas déchiré sa robe neuve, mais l'un de ses bas était filé. Elle avait acheté de grosses oranges qui venaient d'Espagne. Le jour de Noël, Jean jouait avec Mathieu aux cow-boys et aux Indiens. Les deux enfants alignaient les guerriers et les soldats de plomb sur la table de la cuisine. On entendait mugir le vent dans la cheminée.

Jean disait à Mathieu : « Moi, je suis Cochise et je vais scalper tous les blancs ! »

Chapitre V
1949

Le premier marché que Jean ait connu, il s'en souvenait du plus lointain de son enfance, ce fut celui de Lunel. La foule était bruyante et pleine d'odeurs. Jeanne le tenait par la main. Elle était aussi heureuse que la lumière du matin.

Lui, Jean, portait un habit de velours vert. Il espérait un brin de soleil sur ses lèvres, qu'elle lui achetât une réglisse, ou bien qu'il vît danser l'ours blanc des Pyrénées. Dans la halle, l'odeur du poisson remuait son cœur. Sa mère lui souffla à l'oreille :

— Regarde où tu mets les pieds !

Des filles passèrent, empalées dans leurs rires. Jean buta sur le sac d'une ménagère. Jeanne dit encore :

— Mais, enfin, regarde devant toi !

Pourtant, la jeune femme était fière de son fils comme on l'eût été d'un blason. À plein ventre, elle avait assumé ses désirs de maternité, jetant un pont de pétales de roses sur la vie.

Estamaire ! Estamaire[9] !

L'homme criait qu'il rétamait les fourchettes, les cuillères. Il était maigre et noir de teint. Il avait une grosse tête d'animal, des yeux de bouc. Jean percevait le bruit du soufflet qu'il maniait. Une odeur terrible et bruyante le prenait à la gorge. Plus loin, la foule s'attroupait autour d'un bonimenteur.

« Un drap, deux draps, mesdames, et je vous offre en plus, une, tenez, deux serviettes de bain pour le même prix, une fois, deux fois, allez, je vous mets en plus un gant de toilette, deux gants de toilette… »

L'homme transpirait à grosses gouttes. Il avait du muscle, le bougre, et un bagout qui attirait. Jeanne ne s'arrêta que quelques secondes.

— Viens, dit-elle à Jean, ne nous attardons pas, ton père nous attend pour le repas…

L'enfant grognait. Il eût passé des heures à traîner devant les étals, à se noyer dans la foule, à écouter les chants mercantiles.

Jeanne acheta du vin pour Martin qui n'en buvait que le dimanche. « Ça fortifie », disait Jeanne.

9. Rétameur (occitan). On peut aussi entendre : *Es ta maire !* « C'est ta mère ! » (occitan).

Elle prit des picholines au marchand d'olives, une vieille fourme chez le fromager. Chez le boulanger, avec le pain, une fougasse aux grattons. Au retour, en route vers la maison, la mère et l'enfant rencontrèrent des Romanichels. Les vieux parlaient une langue inconnue, mystérieuse. Ils sentaient l'aspic.

*

On les attendait sur le bord de la route où la foule se pressait. Jeanne demanda : « Où es-tu, petit diable ? »

Mathieu trottait derrière elle en s'accrochant à sa robe. Les bruits avaient la couleur du ciel. Des voitures klaxonnaient. La caravane publicitaire passait, annonciatrice des premiers coureurs. Soudain, on entendit des cris dans la foule. Martin portait Mathieu sur ses épaules, Jean se glissa entre un homme et une femme. « Ils arrivent ! Ils arrivent ! »

Deux coureurs détachés passèrent en frôlant les barrières. Puis vint le gros de la troupe.

Dans le peloton, avec son maillot jaune, Fausto Coppi ressemblait à un dieu. Il était penché sur son guidon, différent des autres champions du vélo.

« Il gagnera le Tour de France ! » s'écria Martin.

Une seconde, on les applaudissait.

*

Jeanne affirmait :

— Vous ne sentirez rien. Vous dormirez et au réveil, houp ! Tout cela sera fini !

Jean et Mathieu l'interrogeaient :

— Mais avec quoi ils vont les couper, les amygdales ?

— Comment ils vont nous endormir, avec un masque, comme un clown ?

Mathieu hurla :

— Non ! Non ! Je ne veux pas aller à la clinique !

Au réveil, Jean vit une sorte de lumière blafarde qui ressemblait à un réverbère, des blouses blanches. Une femme qui sentait le parfum amer de l'éther affirmait : « Les enfants, à la chambre 28. » Quand il se réveilla, il crachait du sang. Il avait du mal à déglutir. On lui fit sucer des glaçons. Le soleil irisait doucement les fenêtres de la chambre. Le bruit de l'eau dans le lavabo lui rappela celui d'une source vive.

Mathieu gémit :

— Maman. J'ai mal.

Jeanne s'approcha, caressa sa tête, essuya son front que la transpiration mouillait. Les deux enfants ne pouvaient ni manger ni boire.

Ils avaient soif.

— Juste une goutte !

Mathieu gémit encore :

— J'ai mal.

Jeanne le calma.

Elle évoqua l'ours qu'ils iraient voir au cirque Pinder, le clown Flûte qui faisait de la musique avec son harmonica.

Jean essaya de parler :

— Quand… est-ce… qu'il vient nous chercher… Papa ?

— Demain soir. Mais cesse de t'agiter, tu vas avoir de la fièvre.

Jamais Jean n'avait souhaité autant la présence de son père. Il n'avait qu'une hâte : fuir ce lieu propice à toutes les abominations. Le départ, c'était Martin avec la traction noire qu'il empruntait à un ami, la voiture qui filait sur la route blanche, la traversée du Lez, les platanes frémissant dans le bleu du ciel. Mais pour l'heure, il n'y avait que le docteur qui passait, qui regardait la gorge des enfants, qui tapotait leurs joues.

Tout en jouant avec son stéthoscope, le médecin leur parlait du Grand Lustucru qui emporte dans sa besace les enfants qui ne veulent pas dormir et les mange tout cru quand il a faim.

Aussitôt, Jean et Mathieu faisaient mine de s'endormir.

— C’est la mère Michel, soufflait encore le docteur, qui a perdu son chat…

Au bout de quelques minutes, le médecin parti, Mathieu apercevait une silhouette devant la porte vitrée.

Il demandait, inquiet, à Jeanne :

— Maman, c’est le Grand Lustucru ?

— Mais non, lui répondait-elle en riant, c’est l’infirmière. Dors, maintenant.

Le lendemain, lorsque Martin arriva, le vent du soir bavardait dans les volets. Jean se dressa sur son lit.

« Papa ! »

Le crépuscule long, violet et joyeux comme le feu dans la cheminée, inondait la chambre.

Chapitre VI
La pila

Anaïs venait de naître. Jeanne se remettait de ses couches.

— Il faut que je me repose, avait-elle dit à Jean, tu iras en colonie de vacances.

En ce mois de juillet, le chagrin fondait sur l'enfant. Jean ne voulait pas quitter sa famille.

— Mais je serai sage, bougonna-t-il, c'est toujours sur moi que ça retombe !

— C'est comme ça, répliqua Jeanne, tu es grand maintenant, il faut que tu te débrouilles.

Sur le quai de la gare, au kiosque du marchand de journaux, elle lui acheta Mickey. La gorge de Jean se noua. Qu'allait-il faire à Valras-Plage, avec des enfants qu'il ne connaissait pas ?

Jeanne avait cousu son nom sur tous ses habits, soigneusement plié ses vêtements dans la valise. Soudain, le train entra en gare. Elle le confia à une monitrice en disant : « Surtout qu'il ne prenne pas froid, il est fragile des bronches. »

Dans le wagon, Jean se jucha sur la banquette de bois et chercha Jeanne sur le quai. Elle lui fit signe de la main tandis que le convoi avançait lentement. Puis il ne la vit plus. Le train roulait au milieu des vignes, en direction de Béziers.

Dans le couloir, un enfant sifflotait et ce sifflement rappelait à Jean le cri de la fauvette. Il serait de retour dans un mois. Mais cette première séparation était un déchirement.

*

Mélanie jetait du grain aux poules quand la clochette de la porte d'entrée se mit à tintinnabuler. L'homme entra et la salua respectueusement. C'était Louis, un ouvrier du mas du Farfantel.

— Bonjour madame. La voiture est là.

— Bonjour Louis, dit Mélanie, j'arrive.

Elle alla chercher son sac, mit son fichu sur ses épaules, rajusta son chignon.

Jean l'attendait, raide comme la justice, dans son nouveau costume.

— Es-tu prêt, mon garçon ?

— Oui, grand-mère.

Elle lui prit la main. Ils s'enfoncèrent à l'arrière de la traction. Tout en l'habillant, Jeanne avait fait ses recommandations à Jean.

Couper la viande avec le couteau en petits morceaux. Ne pas fourrer ses doigts dans le nez en plein milieu du repas. Ne pas se mêler de tout. Ne pas dire n'importe quoi. Être attentif aux autres. Ne pas donner des coups de pied sous la table parce que l'on s'embête et que l'on se croit sur un terrain de football. Ne pas bâiller à grands bruits. Ne pas dire des grossièretés ou fredonner des chansons stupides. Ne pas déclarer : « J'ai encore faim » ou « Ce n'est pas bon ». Se tenir droit. Ne pas mettre ses coudes sur la table. Ne pas mastiquer en claquant des joues. Manger la soupe en élevant la cuillère au lieu de plonger son nez dans l'assiette. Répondre poliment. Mettre sa serviette en l'agrafant au col de sa chemise…

Mélanie rendait visite à son petit-fils Marcelin, le frère de Jeanne qui était maintenant propriétaire du mas du Farfantel. Fabienne, sa femme, les accueillit sur le seuil de la demeure.

— Entrez, Mère, je vous en prie…

Jean trottinait derrière Mélanie. *Et moi, je compte pour du beurre, pourquoi elle ne me dit pas bonjour ?*

— Bonjour, tante Fabienne, bonjour oncle Marcelin !

Et pourquoi ils ne peuvent pas avoir d'enfant, maman ?

Je ne sais pas, Jean. Peut-être un jour...

Pendant le repas, Jean se tint droit comme un « I ». En écoutant les conversations, il dodelinait légèrement de la tête, comme quelqu'un qui avait compris et qui était intéressé. La discussion tournait surtout autour des prochaines vendanges. Marcelin ferait venir des ouvriers d'Espagne. Il les logerait dans la grange. Ils mangeraient ensemble sous le hangar.

Après le repas, toute la famille alla se promener. Marcelin montra à sa mère les vignes sulfatées qui poussaient à pleins sarments, la terre rouge de la rangée qui était souple où l'on s'enfonçait jusqu'aux chevilles. Mélanie pensa : *Avec l'été qui arrive, il pourrait y avoir de l'oïdium.* Instinctivement, elle chercha les taches d'huile sur les feuilles. Mais Marcelin avait soufré au *bourgeon* et le traitement semblait efficace. On était en juin et les nuits étaient chaudes. Elles donneraient, bientôt, un ciel ouvert qui tiédirait la terre.

*

Avec l'été arriva la chaleur. Jean et Mathieu prenaient un bain dans l'eau fraîche de la *pila*[10]. C'était un sarcophage acheté aux Alyscamps[11] par l'aïeul, Ange Foulquier de Cadole. Jean et Mathieu ne portaient pour toute tenue qu'un maillot tricoté par Jeanne. Au bout d'un quart d'heure, la laine s'allongeait, gorgée d'eau. Les petits baigneurs ressemblaient à de jeunes sauvages en train de perdre leur cache-sexe.

Mathieu dit à son frère : « Jouons à la pêche… »

Les enfants firent flotter sur l'eau limpide deux petits bateaux à la coque jaune ornée d'un liseré bleu. Sous le souffle de Mathieu, la flottille partit pêcher le thon.

L'eau, ce chemin liquide.

Jean pensait quelquefois au mort qui avait reposé dans la pila. L'avait-on transporté en barque jusqu'aux Alyscamps ? L'ampleur majestueuse du Rhône lui offrait des images d'une intense poésie. Sur son frêle esquif, le mort venait-il de Lyon, de Vienne ? Qui était-ce ? Un riche marchand ? Un centurion romain ? Jean ne le saurait probablement jamais.

10. Abreuvoir (occitan).

11. Champs-Élysées (occitan provençal). Nécropole antique du centre d'Arles.

Tandis qu'il se baignait avec son jeune frère, la pierre grisâtre dans laquelle les chevaux venaient boire le renvoyait à la puissance édilitaire de Rome. Il jouait dans l'eau de l'histoire.

Pendant ce temps, le soleil brûlant de l'été rayonnait sur les toits de tuiles ocre. Les cigales craquetaient dans les arbres.

Chapitre VII
Le manuel de littérature

Bien qu'il ne fût pas dans les premiers de la classe à l'école communale, Jean adorait lire. Il avait trouvé au grenier un manuel de littérature que son père avait ramené de la guerre.

Martin riait en le voyant plongé dans l'ouvrage usagé. Il avait expliqué à son fils qu'il l'avait chipé dans une maison, sur le front, lors de la débâcle de l'armée française.

« Nous cherchions des gants, disait Martin, avec mes frères d'armes. Face aux panzers, nous voulions mourir en gants blancs. »

Ce fut ainsi que Martin dénicha le livre dans une armoire, à la recherche de gants blancs. Mais il ne mourut pas et Jean fit ses délices de l'ouvrage. À croire que Martin l'eût ramené spécialement pour lui.

Le *Manuel de Littérature et textes expliqués* fut édité par la *Librairie l'École* en 1936 sous la direction d'Anne-Marie Gasztowtt. Grâce à ce livre, Jean fit la connaissance de Pascal.

Car enfin, qu'est-ce que l'homme dans la nature ? Un néant à l'égard de l'infini, un tout à l'égard du néant, un milieu entre rien et tout.

Il fallait être Pascal pour écrire cela. Ainsi Jean apprit ce qu'était un ciron : un animalcule qui vit dans les matières alimentaires. Il rencontra Bonaparte au travers du portrait que fit de lui Chateaubriand :

Il est grand pour avoir créé un gouvernement régulier et puissant, un code des lois adopté en divers pays, des cours de justice, des écoles, une administration forte, active, intelligente, et sur laquelle nous vivons encore.

Jean suivit Lamartine sur les pas de *Lara, Manfred et le Corsaire.* Victor Hugo surtout enfiévra son imagination : il était Aymerillot que Charlemagne fit comte palatin et à qui il donna le titre d'Aymery de Narbonne. L'écolier aimait le courage d'Aymerillot, son énergie morale face à la lâcheté des seigneurs.

Longtemps, l'œuvre de Victor Hugo le troubla. Il puisait dans le travail du maître ses rêves d'enfant.

Il allait à Montfaucon où s'élevait le gibet ; au sommet de l'Hymette, il courait se gorger de miel. Le poète lui enseignait l'histoire. Il imaginait la voix de Victor

Hugo, douce, simple, lente et douloureuse. Il voyait l'écrivain assis, portrait par Bonnot, le coude sur le livre, le front illuminé, les yeux brillants d'intelligence, la barbe blanche comme hermine.

Plus tard, il apprendrait l'attitude héroïque du poète face aux versaillais qui, terrassant la Commune, liquidèrent trente mille Parisiens et emprisonnèrent près de quarante mille personnes. En mai 1871, prenant la défense des communards pourchassés, Victor Hugo écrivit au rédacteur de *L'Indépendance belge* : *Cet asile que le gouvernement belge refuse aux vaincus, je l'offre... Où ? En Belgique... Je fais à la Belgique cet honneur. J'offre l'asile à Bruxelles. J'offre l'asile, Place des Barricades au N° 4...*

Et Victor Hugo de conclure :

Je me sens frère de tous les hommes et l'hôte de tous les peuples. Le gouvernement belge sera contre moi, mais le peuple belge sera avec moi. Dans tous les cas, j'aurai ma conscience.

Toutefois, Jean devait ses plus belles émotions à Baudelaire. La sensibilité profonde du poète le plongeait dans une soif inextinguible d'expression poétique. Des heures durant, il savoura *Le Voyage*. Il rêvait du Lotus parfumé, de la mer des Ténèbres, du Juif errant et des apôtres. Il apprit par cœur *L'Horloge*.

Horloge ! dieu sinistre, effrayant, impassible,
Dont le doigt nous menace et nous dit : « Souviens-toi ! »
Les violentes Douleurs dans ton cœur plein d'effroi
Se planteront bientôt comme dans une cible ;
...
Où tout te dira : « Meurs, vieux lâche ! Il est trop tard ! »

Avec le temps, la passion que Jean éprouva durant les premières années de sa vie pour le poète ne se démentit jamais. Il aimait cette idée que Baudelaire regrettait de n'avoir pas mieux vécu, d'avoir gâché ce temps qui lui avait été donné. Le Manuel de Littérature et des textes exposés devint rapidement le livre de chevet de l'enfant. Un soir, Rabelais fit surgir sous les yeux du collégien l'homme de la Renaissance. Dans la nuit, près de la lampe, tandis que toute la famille dormait à poings fermés, Jean suivit Rabelais de Chinon, quittant les ordres pour faire ses études à Montpellier. Il l'entendit s'esclaffer à l'Hôtel-Dieu de Lyon. Rabelais lui annonçait des temps nouveaux où des dames montaient de *belles haquenées*, des dames qui avaient des poings *mignonnement engantelés* tandis que le peuple sur les bords du Rhône était tout *folfré* et *habaliné*. Au fil des pages, Jean aimait par-dessus tous les mots de Gargantua : un *genet*, petit cheval d'Espagne ; une *bâtarde*, épée qui pouvait servir à une main ou à deux ; la *rondelle*, sorte de bouclier rond. Les *serfouettes* et les *tranches* le faisaient rêver au jeune Rhizotome. Une nuit, en allant plus loin dans le Manuel, Jean rencontra Jeanne d'Arc.

Beau mystère ! Touchant ! Sublime ! L'amour immense et pur d'un jeune cœur embrasa tout un monde, lui donna une seconde vie, la vraie vie que l'amour seul donne.

Jean se mit à penser à Jeanne avec la passion de Joseph Delteil à qui il avait adressé ses premiers poèmes.

Au village, on m'appelle Jeannette ; en France, Jeanne.

Elle avait dix-neuf ans. Elle allait mourir. On allait la brûler. Cela paraissait incroyable à Jean que l'on pût perdre la vie à cet âge. Plus tard il apprit, toujours grâce à Joseph Delteil, que le cœur de Jeanne était *incombustible.*

Pour Jean, la jeune fille était une larme d'amour. Un rêve aussi savoureux que les fruits du verger. Jeanne, c'était un nom sur la porte de chaque foyer de France. Jean l'imaginait en train de parler aux flammes. Elle leur disait que son corps, que ses yeux de cristal épousaient la nuit. Elle annonçait à la mort qu'elle était plus blanche que la lumière, plus pure que l'or du feu. Dans les siècles à venir, Jean en était persuadé, Jeanne offrirait à la nation l'innocence de son amour.

« Jeanne, Jeanne, marmonnait Jean, Jeanne de France ! » La tête enneigée de Joseph Delteil trouait la nuit, s'approchait du visage de l'écolier.

« Au fond, chuchotait le poète en sa Tuilerie de Massane, Jeanne est là, aujourd'hui, avec nous, le cœur plein d'infini, les yeux ivres d'espace, les bras tendus vers la vaste terre des sortilèges. Elle nous fascine encore. Mais nous ne pouvons rien pour elle. Elle n'est qu'amour du prochain, de l'autre, de l'étranger... Elle est déjà la transparence de notre avenir. Jeanne, plus rien ne la sépare du monde. »

*

Jean prit Mathieu par la main.

— Viens, nous allons acheter un livre.

Pour Jean, les livres étaient devenus une passion. Ils partirent pour la librairie du *Chat qui pense,* tenue par un anarchiste bougon et doux rêveur, Sarnin Cortas, dit *La Commune.* Le vieux Sarnin sourit en les voyant entrer.

— Y a plus de livres pour les enfants, grogna-t-il.

— Mais monsieur Cortas, vous ne savez pas ce qu'on vient vous acheter !

Mathieu tira Jean par la manche.

— Allons-nous-en, j'ai peur !

L'aîné se raidissait.

— Un livre, monsieur Cortas !

— Ben... Y a plus de livres pour les enfants... siffla une nouvelle fois *La Commune*. Et d'abord, garçon, est-ce que tu sais lire ?

— Oui, monsieur, et même si vous voulez, je peux vous le prouver !

— Ah ! Ah ! rugit *La Commune* sur sa chaise branlante, derrière son bureau de bois. Si tu sais lire, alors, ça change tout !

Il toussa, passa une longue main dans sa chevelure blanche.

— Avancez-vous, là, sur votre gauche, c'est le rayon pour les enfants !

Jean et Mathieu se faufilèrent au milieu des tables chargées d'ouvrages. Jean cherchait les livres d'aventure.

— Celui-là, dit Mathieu attiré par l'image de couverture.

Jean hésita. Il avait tout juste de quoi acheter un livre de la Bibliothèque verte. Finalement, il choisit le premier volume des *Misérables*. Le libraire les dévisagea avec un sourire complice.

— Cinq francs, mes enfants !

*

Cette année-là, Mélanie Foulquier de Cadole mourut à la sortie de l'hiver. Le corps de la vieille paysanne reposait dans un lit près de la fenêtre, non loin de l'âtre, près du *cantou*[12] où elle semblait avoir toujours vécu. « Grand-mère nous a quittés ce matin, dit Jeanne à ses enfants. Elle n'a pas souffert. »

Jean et Mathieu regardaient leur arrière-grand-mère morte. Elle ne leur parlerait plus de Fanny, sa fille trop tôt disparue, ou de Charles, ce fils aimé tombé au champ d'honneur en 1914. Mathieu serra la main de son frère. Jean aurait voulu embrasser une dernière fois Mélanie, mais il n'osa pas.

Puis les voisins arrivèrent. Jéricho, le facteur, qui déposa sa lourde sacoche à l'entrée de la chambre mortuaire. Paul, le petit cordonnier de la rue Escabèl. Valentine, la marchande d'escargots, sèche et plate comme une planche de frêne mal rabotée, mais dont les yeux exprimaient la joie de vivre.

Valentine n'aspergea pas le corps d'eau bénite. Ne fit aucune prière, ne baissa pas la tête. Simplement, avant de partir, après qu'elle eût embrassé Mélanie sur le front, elle murmura d'une voix empreinte d'une grande douceur : *Bonic camin, ma bèla*[13].

12. De l'occitan *canton* : « coin ».

13. Bon voyage, ma belle (occitan).

Deuxième partie

Ariane

Chapitre VIII
Giono

Jean quitta la planète enfance comme une colombe s'envole dans le ciel pur du matin. Sans s'en rendre compte, il avait grandi. Ses muscles s'étaient étoffés. Il essaya d'imaginer son avenir, mais il avait du mal à se faire à l'idée qu'il serait bientôt un adulte au plein sens du terme. Quelle voie serait la sienne ? Comment gagnerait-il sa vie ? Quel métier serait le sien ?

Serait-il instituteur ? Professeur ? Vigneron ? La plupart du temps, il éliminait rapidement ces questions qui l'angoissaient. Au collège, il se sentait différent des autres. Bien qu'il éprouvât des difficultés, il aimait apprendre. Ainsi quittait-il rarement la flamme secrète de son Manuel de Littérature et des textes exposés. Il marchait sur le chemin des mots qu'il affectionnait, chasseur d'histoires à la rencontre de ses vieux amis, les écrivains. Il avait en lui la folie de la poésie, de la prose animée d'un souffle nu, de la parole qui ôte son masque au cri.

Un matin de juin, alors qu'il venait d'avoir dix-huit ans, un peu après qu'il eut terminé la lecture du *Chant du monde*, il partit pour Manosque. Il désirait rencontrer Giono. Arrivé à destination, il quitta la gare sous un ciel sombre. La pluie avait cessé. La lumière était grise, craquante de solitude. Au *Paraïs*[14], une jeune fille lui ouvrit. Il bafouilla quelques mots. L'écrivain habitait, avec sa famille, une sorte de bastidon agrandi grâce au succès de *Regain.*

Giono, amusé, le reçut sans façon, étonné de voir ce jeune homme, ignorant tout de la littérature, s'intéresser à son œuvre. D'emblée Jean fut fasciné par les mains blanches de l'écrivain, par son front dégarni et ses yeux vifs pétillant de malice. Le jeune homme expliqua à l'auteur de *Collines* le sens de sa démarche. Il voulait lui aussi vivre de sa plume. Giono lui parla du métier d'écrire qui n'était pas simple. Puis il en vint à la notion de bonheur.

— Vous n'imaginez pas comme tout est fait pour le plaisir, lui dit-il. Il faut y employer l'expérience et son imagination.

14. Paradis (occitan niçard). Nom de la maison de Giono à Manosque.

Jean, tout en écoutant l'écrivain, pensait à la fameuse phrase sur le poète et la tasse de thé.[15] Il dit :

— Tout cela est comme une petite musique de nuit…

Giono s'agita. Il préférait que l'on parlât dans la douce quiétude du soir, du pain, de la liberté du vent, de la solitude. Il décrivit longuement ses promenades au bord du canal. Il était ailleurs, un sourire léger au coin des lèvres.

Jean balbutia, cherchant sa voix :

— Mais le *Chant du Monde*[16] monsieur Giono ?

Il avait en tête la marche le long du fleuve de deux hommes, Antonio et Matelot, cheminant vers le haut pays Rebeillard ; de Clara qui avait *un roucoulement dans la gorge comme les pigeonnes,* de l'incendie des étables de Maudru… La bouche de l'écrivain se contracta pour exprimer son contentement

Jean, impressionné, toussota.

— Clara, l'aveugle, renchérit l'écrivain, n'est-ce pas qu'elle est belle ?

Jean hésita à lui répondre.

— Je ne sais pas, mais j'ai été touché par ce que vous écrivez à son propos. Profondément.

15. *Un poète, c'est un type qui aime le thé et qui n'en boit pas.* Lettre de Giono à Jean Carrière.
Les amis de Jean Carrière. (2020). *Cahiers Jean Carrière*, Domens.

16. *Le Chant du monde,* œuvre majeure de Jean Giono.

Et Jean cita de mémoire un passage de ce livre qu'il connaissait presque par cœur :

— *Elle n'a jamais vu cette nuit gonflée de sang-froid comme le fleuve avec ses poissons. Elle n'a jamais vu, et moi je lui ai dit que la nuit c'est ce qu'elle voit d'habitude dans sa tête noire !*

Giono se gratta la nuque. Puis, ironique :

— J'ai toujours pensé que ce roman avait en réalité un petit côté couillon.

Jean se récria :

— Monsieur Giono… Votre livre, c'est un chêne que l'on touche. C'est un tremblement de branches dans la main d'un enfant ! C'est la violence primitive vaincue !

Quand Jean Estrine fut de retour à Lunel, encore ébloui par sa rencontre avec l'écrivain, la gorge sèche, il eut l'impression d'être ivre. Le sang battait à ses tempes. Le ciel lui faisait signe. Il avait les épaules lourdes. La joie l'emportait loin, très loin sur les ailes du temps. Il relut d'une traite *Un de Baumugnes*[17].

*

Cependant, la situation s'aggravait en France. La guerre d'Algérie n'en finissait plus de compter ses

17. Roman de Jean Giono, deuxième opus de la trilogie *Pan*.

morts. Les paras étaient prêts à sauter sur Paris, disait-on. Jean ne savait trop que penser de cette guerre. Au collège, les professeurs discutaient âprement du fascisme, des généraux factieux d'Alger, de la grève qui paralyserait le pays.

Martin avait acheté un poste de télévision et, le soir, toute la famille regardait bouche bée des images en noir et blanc pleines d'ombres chinoises où l'on voyait des manifestants harassés pousser des cris rageurs :

« Al-gé-rie, fran-çaise ! »

Trois brèves et deux longues.

« À mort Pfimlin ! Vive Massu ! »

Un soir, on vit des milliers de manifestants Place de la Nation. Ils criaient : « Vive la République ! »

Les commentateurs annoncèrent qu'un Comité de salut public venait de prendre le pouvoir à Alger. Ils déclarèrent que des activistes antirépublicains marchaient à la tête des pieds-noirs. Le lendemain, la plupart des journaux titrèrent :

Alerte au fascisme ou Coup de force à Alger ou encore Évènements dramatiques à Alger.

La clameur de la rue montait jusqu'aux oreilles de Jean. Il lui semblait qu'elle venait des entrailles de la terre. Un jour qu'il était allé acheter un livre à la librairie du *Chat qui pense,* Jean entendit *La Commune* dire à un client :

« Mais monsieur Dubois, vous ne croyez tout de même pas que ces militaires vont rester les bras croisés ! Les généraux factieux vont égorger la République afin de mettre en place un régime à la Salazar ! Et de Gaulle sera leur complice ! Vous verrez, monsieur Dubois ! Vous verrez ! »

La colère étouffait *La Commune.* Le soir, au cours du repas, Martin affirma que tout cela ne rimait à rien. Il n'y aurait pas de guerre civile. De Gaulle sauverait la République.

« L'Algérie doit être libre de choisir son destin. Elle doit le dire à la France. Il y a eu déjà trop de morts… »

Martin approuvait l'action du général de Gaulle. Puis un soir, à la télévision, le Président de la République parla à la Nation.

« Compte tenu de toutes les données, algériennes, nationales et internationales, je considère comme nécessaire que ce recours à l'autodétermination soit, dès aujourd'hui, proclamé. »

Jeanne était heureuse de cette nouvelle situation. « La guerre sera bientôt finie », déclara-t-elle.

Chapitre IX
Ariane

Les années s'écoulèrent. La Ve République se mit en place dans le brouhaha de la fin de l'Algérie française. Jean était maintenant un jeune homme. La vie ne lui pesait pas. De temps en temps, il écrivait un poème bref un peu puéril qu'il conservait dans un cahier. Comme l'air qui emplissait ses poumons, la poésie lui était indispensable. Il se mit à lire Perse, Ponge, Jouve, Artaud, Michaux, Éluard… Un beau matin, Jéricho lui apporta une lettre de Paris. Le cousin Cadeuze cherchait un commis pour sa librairie *Le soleil d'or* et avait pensé à lui. Jean avait arrêté ses études et travaillait la vigne avec son père. *Au fond,* se demanda-t-il, *ne suis-je pas fait pour vivre avec les livres ?*

Antonin Cadeuze était un homme bougon d'âge mûr. Les lunettes lui filaient sur le nez. Il était le fils de Paulette, sœur du grand-père Paul Estrine et mariée à un Jules Cadeuze. Martin et Jeanne poussèrent Jean à accepter la proposition du cousin Cadeuze.

Celui-ci trouva pour Jean une chambre avec une toute petite cuisine, non loin de l'Hôtel de Ville. Les premiers mois furent les plus durs. Ne connaissant personne, Jean passait ses soirées à errer dans les rues. À marcher, seul, durant de longues heures. Un soir d'orage, il alla se promener Place de la Bastille. Il se souvint du grand-père Paul, le cheminot, qui durant la Grande Guerre conduisait les convois. Entre deux trains, il venait ici manger la soupe populaire.

Paul, lorsqu'il lui racontait cette histoire, exaltait la fraternité qui existe entre les humbles, les petits, les sans-grade.

En 1927, Paul Estrine avait été nommé sur le Simplon-Orient-Express. Le train partait de Londres, passait par Paris pour rejoindre Lausanne et Trieste. Puis il filait sur la rive asiatique du Bosphore jusqu'à la station d'Haïdar-Pacha. Il arrivait à Eski-Cheïr, à Angora, prolongeait sa course jusqu'à Alep, Damas et Tripoli.

« Au passage, disait Paul lorsqu'il racontait à Jean sa vie sur le SOE, le voyageur a eu le temps de jeter un œil sur la fontaine Hadji Bayram, sur la mosquée Sidi Bou Beckr qui est une merveille ! »

*

Un soir, errant dans Paris, lassé de sa course sans fin, Jean entra dans un café. Il le reconnut tout de suite. Assis à une table, un livre ouvert devant lui. L'œil bleu, profond, irisé. Il ne sut pas pourquoi, lui si timide d'habitude s'approcha de l'homme qui lisait.

— Vous êtes Daniel Boulanger ?

L'inconnu le dévisagea avec froideur, puis toussota. Jean s'attendait à ce qu'il lui réponde : *Boulanger ? Connais pas !*

— Asseyez-vous. Vous avez l'œil, jeune homme, et le culot…

Jean parla de *L'Ombre*, qu'il venait de lire. La librairie faisait la promotion de l'ouvrage. L'écrivain sourit, lissa d'une main pâle son front luisant. *Lucifer au petit pied qui fait son chemin à mesure qu'il avance, entouré de ténèbres, il se trouve à son point de départ dans le noir.*

— Une œuvre de mots. De langue. Qu'est-ce qu'un poème… sinon un acte d'amour ?

Jean, pour se donner une contenance, commanda un café, alluma une cigarette. Sur la place, l'orage grondait dans les arbres. Une fille et un garçon sortirent du bistrot en riant. La fille adressa un sourire à Jean. Elle était brune. Elle avait une démarche ailée, souple et précise.

Daniel Boulanger acheva son demi, referma son livre. Il avait le geste de l'homme abouti. Il aimait les étoiles nimbées du silence de la nuit. Son sourire était affectueux. Une rivière de soleil coula une seconde sur la table où flottaient ses deux mains.

— La mort, dit-il brusquement, ne le savez-vous pas ? Elle dort au sexe !

Dehors, les grondements de l'orage retentirent. Après avoir salué Daniel Boulanger, fasciné par le ciel noir de Paris, par la pluie proche qui le faisait frissonner, Jean quitta le café sans destination précise. Il était temps qu'il retrouvât sa chambre, sa minuscule cuisine, ses livres, l'ivresse de la poésie. Mais l'inconnue qui avait quitté le café quelques minutes avant lui semblait vouloir l'attendre.

Elle se retourna et leva son regard sur le jeune homme frissonnant. Ils étaient seuls dans la lumière incertaine de la nuit. Les yeux de l'inconnue restèrent fixés sur la frêle silhouette de Jean sans qu'elle puisse détacher son regard de celui-ci. Puis, paraissant le découvrir, elle lui sourit. Il s'approcha d'elle.

Elle s'était immobilisée tandis que sur ses lèvres la forêt remuait les feuilles de ses branches fines. Le vent lissait ses sourcils de ses doigts légers. Une flamme merveilleuse pénétrait son cœur. Sa peau avait la douceur des brumes mauves d'automne sur les souches mouillées. Jean étouffa un soupir. La pluie lui parlait. Elle venait de la surface de la nuit, frêle, les lèvres frémissantes. L'obscurité autour d'eux effaçait tout. Elle eût aimé marcher à ses côtés, mais elle était vraiment trop lasse.

Elle le dévisagea. Puis elle parut le reconnaître, comme s'il avait été une vieille connaissance. Elle lui adressa un signe. Ce fut comme l'explosion d'une volée de grives dans les genévriers. Jean baissa les yeux avec du feu sous les paupières. Il fit un geste mais ne bougea pas, comme frappé de stupeur. Ce fut elle qui s'approcha de lui. Elle prit la main du jeune homme dans la sienne. Il voulut parler, mais aucun son ne sortit de sa gorge. Il l'observa. Un étrange mystère anima l'instant. Elle était habillée avec goût.

— Je vous attendais, déclara-t-elle d'une voix sourde où perçait l'émotion.

— Vous m'attendiez ?

— Oui.

Les lèvres de la jeune femme tremblèrent un peu. Le boulevard Auguste Blanqui parut soudain émerger de sa torpeur. Jean pensa qu'elle se moquait de lui. Machinalement, il sortit son paquet de cigarettes, lui en offrit une. Elle refusa. Il en porta une à sa bouche et l'alluma.

L'allumette craqua sous ses doigts. Il ne fumait que des Camel à cause d'*Old Jo*, le vieux dromadaire qui le fascinait. Un feu noir brûlait dans les yeux de l'inconnue qui l'observait en silence. Il la dévisagea comme s'il voulait se rappeler une image ancienne.

— Nous nous sommes déjà rencontrés ? demanda-t-il bêtement.

— Non, souffla-t-elle d'une voix lasse. Je m'en souviendrais…

Il secoua la tête. Elle reprit :

— Un soir où je prenais le train, gare de Lyon, je vous ai aperçu sur le quai. Vous aviez un air sauvage et fraternel. – Jean tira sur sa cigarette. – J'étais à une dizaine de mètres. Vous avez bougé. Votre chemise a glissé. J'ai aperçu un bout de votre épaule. Doux et chaud, bronzé, je me suis dit que j'avais envie de tomber éperdument amoureuse d'un garçon qui s'offrait ainsi aux regards d'une femme.

Elle attendit quelques secondes le moment où il parlerait, où il s'intéresserait à elle, où il la regarderait. Elle le trouvait beau. Son air sauvage, ses cheveux au vent, ses solides épaules et ses jambes longues et musclées attisaient son désir. Il la regarda avec tendresse. Il pensait à un amour très pur, à un amour d'enfant. Il marchait déjà avec elle dans les collines. Il lui prenait la main. Elle s'abandonnait à lui. Il marmonna, le souffle court :

— Je me nomme Jean Estrine.

— Estrine ? C'est un nom qui parle de la sansouïre, du marais aux salicornes à gros épis. On peut accommoder les salicornes en salade et les manger avec des œufs durs.

Jean eut un sourire triste.

— Vous connaissez la Camargue ?

— J'ai étudié la flore méditerranéenne à l'université.

Jean aimait les étangs, les couchers de soleil sur la mer. Il avait le mal du pays.

— *Estrine* vient du verbe *estransir* qui veut dire, en langue d'oc languir dans l'attente.

Il pensa qu'elle allait s'enfuir, disparaître. La pluie fit tinter son cristal au-dessus de leurs têtes. De fines gouttes d'eau ruisselaient à présent sur leurs visages.

Leurs mains s'étreignirent. Une seconde, leurs doigts se nouèrent. Elle se nommait Ariane Azzadine. Le tonnerre creva la voûte des arbres. Au-dessus des toits, les premières lueurs du jour apparurent dans le lointain.

— Revenez, dit-elle, j'habite au 126. Revenez ou je mourrai !

Elle s'arracha à la force de ses bras tandis que le vent se mettait à souffler en bourrasque. Déjà, il s'éloignait. Elle poussa une porte et disparut.

*

Pour Jean, tous les chemins menaient à cette place de Paris où il avait rencontré, un soir de juin, l'écrivain Daniel Boulanger. Paris est une ville lumière, une ville volcan sans frontières, une rose où l'amour peut vous ouvrir les portes de la poésie.

Tu es venu, chantait dans la tête de Jean la jeune femme, *toi, ma douceur*.

Des jours et des jours passèrent sans qu'il rencontrât à nouveau l'inconnue. Il n'aurait de cesse qu'il n'ait obtenu satisfaction. Il était revenu plusieurs fois à sa porte sans la trouver. Elle s'était comme volatilisée. Avait-il rêvé ? Quand il errait dans Paris, il lui arrivait d'être surpris par le vent. S'il pleuvait, l'eau dessinait pour lui les lèvres d'Ariane que l'air frais effaçait tout de suite. La solitude rendait le jeune homme mélancolique. Elle le transformait peu à peu. Il parcourait une forêt imaginaire en compagnie d'un loup gris. Il traversait de hautes herbes aux odeurs de menthe sauvage. Il se soûlait de l'ivresse de l'air, se gorgeait de la moiteur de la forêt qui enflammait son cœur. Dans cette ville où la géographie changeait du matin au soir, il avait du mal à respirer. Une nuit, tandis qu'il errait à son habitude, le vent se lança à ses trousses. Il prit l'apparence d'un homme violent et ténébreux. Il paraissait excessivement joyeux. En lui l'humain et l'animal s'abolissaient. Jean échangea quelques mots avec cet étrange personnage.

— Je vous reconnais, vous êtes le taureau à tête d'homme.

— Non, vous le voyez bien, je suis un homme à tête de taureau.

— Vous êtes un monstre.

Le mystérieux inconnu ricana.

— Je suis ce que vous êtes.

Jean se dit que la solitude lui brouillait les idées. Quand il se retourna, l'inconnu n'était déjà plus là.

À la librairie, il était devenu un employé modèle. Quand on entrait dans le magasin, on ne voyait que lui. Il vous conseillait, savait ne pas s'imposer ; il respectait le choix de la personne.

Peut-être était-ce la rencontre avec Ariane qui le rendait euphorique. Ses paroles chantaient encore à ses oreilles. Il en était bouleversé. Lorsque le vent se levait, la voix de la jeune femme retentissait dans la nuit, fêtait la présence de Jean en ce monde, lui faisait revivre son premier cri. Elle lui donnait beaucoup de bonheur. Quelquefois, elle chantonnait pour lui l'appel de la tourterelle. Il ne savait trop comment le dire : c'était pour lui le souffle de l'amour et de la mort.

Ce soir-là, comme il le faisait d'habitude, il quitta son appartement et erra dans les rues. Il avait rédigé pour ses parents plusieurs missives où il décrivait sa vie à Paris.

Il allait devoir accomplir son service militaire. N'ayant aucun goût pour l'uniforme, cela l'attristait. Il attendait chaque jour un courrier d'Ariane, mais sa boîte aux lettres restait désespérément vide. Il aurait aimé parler de ses rêves avec la jeune femme car il avait une existence nocturne agitée comme si son pauvre cerveau se vengeait de la vacuité de sa vie. Le cousin Cadeuze ne lui disait-il pas qu'il ressemblait à un homme de nulle part venu d'un ailleurs lointain, qu'il allait se briser sur le vide, qu'il courait après des chimères ? Ariane n'était-elle pas le fruit de son imagination de romancier ? Dans ces cas-là, il haussait les épaules et répondait au libraire que c'était une chose absurde, qu'il finirait par retrouver Ariane et qu'il vivrait avec elle. Quant à être romancier, il travaillait avec acharnement à le devenir. Il n'était pas homme à se laisser émouvoir par de tels propos. Il aimait la vie. Mais il était aussi prompt à la révolte. La nuit, quand il ne pouvait trouver le sommeil, il errait dans les rues. La douce musique de l'air le poussait à la marche. Il devenait un noctambule. Au fond de lui, il cherchait l'apaisement. Il avait le cœur brouillé, la tête en feu. Parfois, dans le froid de la nuit, il récitait un poème sans que personne ne l'écoute. Cet amour qu'il chantait avec des mots voluptueux et douloureux glissait dans ses veines. Sans le vouloir, il faisait sienne l'image d'Ariane. Un jour ou une nuit, il savait qu'il retrouverait la jeune femme. L'obscurité le lui disait. Elle balbutiait au coin des rues ses notes claires.

*

Puis, un beau jour, des cris montèrent de la ville. De Gaulle vacillait sur son piédestal. La France était au bord de l'abîme.

Les appels des manifestants sonnaient tels des poings douloureux tendus vers l'azur : la poésie vivante, l'amour, la mort. La révolution intelligente de la jeunesse fleurissait un peu partout dans les rues du Quartier latin. Bientôt la création engendra la vie : Godard, Buñuel, Rocha brisèrent l'architecture des images : ce grand bond ce furent ces petits pas d'une autre société qui se construisait peu à peu.

Dix ans après son arrivée au pouvoir, de Gaulle perdait pied. Pompidou rentré à la hâte de l'étranger prôna le dialogue avec les étudiants. Mai frissonnait déjà. Jean fut fasciné à son tour par les barricades, par le souffle d'une liberté retrouvée.

La ville était secouée par les spasmes de la révolte. Jean ne savait trop que penser du comportement des étudiants, de la joie endiablée qu'il lisait dans leurs yeux. Il habitait maintenant dans une chambre plus confortable au Quartier latin. Sans trop savoir comment, il se retrouva, un soir, derrière une barricade. À son grand étonnement, il se sentit une âme de rebelle. Tout l'incitait à la lutte. *Vas-y ! Mais vas-y, bon Dieu !* lui soufflait une petite voix. Il rejoignit un groupe d'étudiants. Il se mit à vociférer comme les autres. Il se voyait déjà en Rimbaud crachant sur l'ordre établi. Il fut pris par l'angoisse. Il lança ses premiers pavés avec une force qu'il ne soupçonnait pas de posséder. Puis il battit en retraite : les CRS chargeaient. Ce fut à cet instant précis qu'il aperçut Ariane. Elle était adossée à une boutique ; elle portait un foulard rose. Elle avait été blessée à la tête. Les sirènes des pompiers ululaient. Des voitures renversées étaient en flamme. Jean se précipita. Oui, c'était Ariane. Cela ne faisait aucun doute. Elle tomba dans ses bras, évanouie. Comme il put, il la transporta dans sa chambre et ferma la porte à clef. Des cris s'élevèrent dans la rue. Des explosions retentirent. Le pays tout entier était pris d'une sorte de vertige. Jean étendit Ariane sur le lit, nettoya sa plaie, la désinfecta. Sa respiration était sifflante. Il l'appela avec douceur. Elle ne répondit pas. Il prit une serviette qu'il mouilla et lui rafraîchit le visage.

Elle paraissait très jeune. C'était une enfant. Par moments, elle frémissait, poussait un soupir douloureux. Elle était l'innocence même. Jean se souvint qu'après leur première rencontre, il avait longtemps rêvé d'elle, comme s'il cherchait l'esprit d'Ariane dans la clarté du jour ou dans la profondeur de la nuit. Il se dit que l'amour élevait la vie jusqu'à la lumière.

Par vagues successives, les sirènes des pompiers retentissaient. Dehors, les étudiants mettaient le feu aux voitures, arrachaient les arbres, dépavaient les rues. Ariane s'éveilla quelques secondes pour boire un verre d'eau et se rendormit aussitôt. Jean sentait qu'elle respirait plus tranquillement. Il la couvrit afin qu'elle ne prît pas froid. Il avait un peu de temps devant lui, la librairie n'ouvrirait certainement pas ses portes ce matin. Peu à peu, une joie immense l'envahit. Il ne savait toujours rien d'elle, mais elle dormait, telle une petite fille dans les profondeurs secrètes de sa chambre. Durant tout le temps où il était resté séparé d'elle, il avait imaginé un monde qui n'était qu'à eux. Un monde de forêts profondes où ils joueraient indéfiniment à la princesse et au brigand. Il serait Farandol le Bien-aimé. Elle deviendrait la noble Fadette.

Il s'allongea sur le lit à côté d'Ariane. Il rêva qu'elle serait encore là dans un jour, une semaine, un mois. Au moment de s'endormir, il vit scintiller des étoiles dans la nuit noire. Il sentit l'épaule de la jeune femme contre la sienne.

Il se dit que le hasard – ou Dieu peut-être ou le Démon – l'avait poussé vers la barricade où se trouvait Ariane. Il la vit encore flotter dans la fumée des grenades lacrymogènes, se reculer en toussant. Il ne lui avait fallu qu'une seconde pour la reconnaître. Elle avait murmuré : « Ce n'est pas de chance » avant de s'évanouir dans ses bras. Quand il s'éveilla, le jeune homme vit que le jour se levait. Une lumière grise filtrait par la fenêtre. Machinalement, il glissa sa main dans les draps. À la place qu'occupait Ariane, la couche était vide et encore tiède de la chaleur de son corps. Il l'appela, mais personne ne répondit. Sur le lit, Ariane avait déposé des tulipes avec un mot griffonné sur un bout de papier : *Merci*. La plus belle du bouquet était de la couleur du soleil quand il brûle dans le bleu du ciel d'été ; la plus inquiétante et la plus mystérieuse était aussi sombre que la nuit. Cette dernière lui fit penser au grillon noir et luisant, enragé de vivre sur les terres chaudes. Il mit les fleurs dans un vase rempli d'eau près de la fenêtre. Puis il fit du café, la tête lourde.

La jeunesse française avait fini par être amoureuse de la lumière. Une joie endiablée brillait dans le regard des manifestants et des jeunes femmes, joie contre laquelle les CRS ne pouvaient rien. De Gaulle, lui-même, était étreint par l'angoisse. Il disparut de la scène politique durant quelques heures. Mille et un manifestants passionnés surgirent alors des yeux de la vie, assoiffés de ciel bleu. Des mots de pierre, des visages radieux sous la cendre.

Leur force éclatante entraîna la population dans une sorte de vertige. Mais bientôt, brutalement, sans que l'on sache pourquoi, la sève régénératrice fut stoppée dans son ascension et ce fut un échec glacial et terrible.

Le printemps du bonheur chavira dans un été sans lendemain. L'ordre établi reprit possession du monde. Le désert était partout. Les blés et les vignes furent saccagés. Les mots n'ouvrirent plus les portes des prisons.

On modifia la langue française par décret. Dans les rues endeuillées, on n'entendit plus les rires de jeunes gens qui croyaient à la vie, à la fleur du plaisir, mais celui des fabricants d'images. Pourtant en dépit de tout, il y eut des mouvements de cristal dans les cœurs. Les plaintes du vent sur les boulevards se firent plus lointaines au profit des routes sinueuses des télévisions qui s'américanisaient.

Les mots fermèrent les yeux des enfants solitaires. Les images engluèrent les poètes dans le vide. La société devint une pute vieillissante qui, dès lors, ne cessa de se faire encrouper par des capitalistes de pacotille.

L'amour solaire qui était né quelques semaines plus tôt s'évanouit des rues de Paris. Il ne resta plus à chacun qu'une émotion sublime qui fut bien vite oubliée.

*

Il entendait le murmure de sa voix :

— Et vous, lui avait-elle demandé cette fois-là, que faites-vous dans la vie, en dehors de votre travail à la librairie ?

Il n'avait pas su répondre à cette question. Il lui avait souri, puis avait murmuré :

— J'essaie de vivre.

Elle avait paru surprise. Elle allait le quitter, pousser la porte, disparaître.

— Laissez-moi deviner !

Elle avait pris sa main, s'était inquiétée d'une longue ligne qui creusait sa paume. Elle lui avait confié qu'elle n'agissait jamais ainsi avec des inconnus. Elle avait tout d'abord pensé qu'il pratiquait la course à pied ou était champion d'athlétisme. Il avait ri.

— Pas du tout !

Elle avait penché la tête. Ses cheveux avaient chuté sur ses épaules découvrant une nuque blanche piquetée de taches de rousseur.

— Vous êtes un adepte du vélo, n'est-ce pas ?

En dehors de son travail à la librairie, il n'était ni coureur à pied ni champion cycliste.

— Le jour, je suis un homme qui parle au ciel. La nuit, je suis une étoile.

Elle avait ouvert de grands yeux. Il ne savait plus à vrai dire quand la scène s'était déroulée. Était-ce lors de leur première rencontre ? De la deuxième ? À deux ou trois reprises n'avait-il pas dîné avec Ariane ? Sa mémoire l'abandonnait, le trahissait. Il vivait dans un monde dont la réalité lui échappait.

Ce soir-là, Place d'Italie, fatigué par son errance, il alla s'asseoir à une table isolée du Café de France, commanda un demi et un sandwich beurre avec des cornichons. Daniel Boulanger n'était pas là. Comment aurait-il pu être assis en face de lui ? À la place qu'il occupait le soir de l'orage, un couple devisait gaiement. Il alluma une cigarette.

*

Son père venait de lui écrire qu'il s'était mis à la peinture. Influencé par Diego Rivera, il avait commencé par des paysages et des scènes de la vie quotidienne. Puis il avait achevé plusieurs toiles de collines et de vignes au printemps. Des barques sur la rivière avaient aussi trouvé grâce à ses yeux. Jean pressentait qu'il fallait l'encourager. Son père avait du mal à vivre de la vigne et le domaine de La Croix Saint-Aimé était lourd à gérer.

Il lui avait répondu qu'il lui tardait de venir au village, qu'il serait parmi eux prochainement. Durant quelques secondes le jeune homme demeura plongé dans sa rêverie. Il acheva son sandwich. Il ne savait trop que faire. Le café ne désemplissait pas. Comment retrouver Ariane, maintenant ? Et pour quelle raison ne lui avait-elle pas donné son numéro de téléphone ? Habitait-elle toujours boulevard Auguste-Blanqui ?

À quelque temps de là, Boulanger l'invita au Café de Flore qui avait ouvert ses portes à la naissance de la IIIe République et accueillait depuis 1913 le Tout-Paris littéraire. Ils parlèrent de choses et d'autres. Que pensait-il du discours du Général ? De ce mois de mai 1968 hérissé de barricades ? Aimait-il le chanteur Johnny Halliday ? Jean resta perplexe quelques secondes. Il affirma à l'écrivain que pour lui rien ne changerait. Les étoiles brilleraient toujours à la même place. La révolution n'était pas pour demain. Les ivrognes continueraient de divaguer dans la nuit. Chaque matin, les enfants prendraient le chemin de l'école. Les nantis resteraient en place. Les pauvres devraient se contenter de miettes.

« Moi aussi, déclara Boulanger d'un air las en achevant son club Rykiel[18], je n'espère plus grand-chose de cette société. Je ne la prendrais même pas avec des pincettes ! »

En quittant l'écrivain, Jean, comme il en avait habitude, erra dans la nuit. Dans ces cas-là, il choisissait seulement la direction de son itinéraire. Il mémorisait ainsi plus facilement le nom des rues. Il aimait le trajet Place d'Italie – Avenue des Gobelins, puis la Mouffetard. Il avait l'impression de s'enfoncer au cœur d'un réseau de voies obscures. Il découvrait des bornes mystérieuses, les façades libéraient des créatures bizarres. L'éclairage laissait s'échapper des êtres fantastiques. Souvent un attrait soudain le poussait à l'entrée d'une rue qu'il ne connaissait pas encore. Au jeune provincial, le vent disait être le maître des lieux et habiter tout près. Il glorifiait la nuit endormeuse. Il semblait se parler à lui-même. Jean l'écoutait avec une sorte d'étonnement. Il imaginait un être étrange, une princesse des ténèbres venue à sa rencontre. Il évoquait cette inconnue en longue robe noire qu'il croisait fréquemment. Elle brisait sa solitude. *Elle est née de moi, affirmait le vent, comme je suis né d'elle.* Dans le sillage du jeune homme, il chassait les

18. Sandwich sans pain ni mayonnaise (avec ketchup et moutarde) dont les ingrédients sont maintenus par des piques de bois.

ombres, la pluie murmurait sa romance. Puis, comme Jean fasciné se taisait, la ville reprenait ses droits. Les voitures qu'il croisait transportaient des inconnus qui avaient échappé au monde du jour afin d'atteindre les hautes rives de la nuit. D'un coup de talon, il écrasait son mégot. Il se sentait vide, mais affamé de vie. Parfois, il envisageait de sonner à une porte. Quelqu'un devait l'attendre. Peut-être lui offrirait-on le gîte, le couvert et de quoi dormir. Au petit jour, il partirait en laissant un mot de remerciement sur la table. Il irait prendre un café crème au premier bistrot venu. Quand il s'engagea dans la rue Mouffetard, un chat miaula sur la corniche d'un toit. Un rayon de lumière dont il apprécia la pureté entoura d'un halo pâle le jeune libraire. Jean s'enfonça dans la nuit. Il alla s'asseoir sur un banc que la lune éclairait. Il toucha la poche de sa veste. La lettre qu'il avait reçue le matin même crissa comme une petite voix chargée d'espérance et de chaleur humaine. Il pensa que le moment était venu de la décacheter. Il la sortit de sa poche. Elle sentait la violette. Sans qu'il comprenne pourquoi, cela le fit sourire. Il était certain maintenant que c'était une lettre d'Ariane. Il voyait au travers de l'enveloppe le visage de la jeune femme se nimber de lumière. Pour un peu, il lui aurait parlé. Elle vibrait le temps d'une vie, le temps d'un sourire.

La lettre était confuse. Ariane passait du coq à l'âne. Elle semblait chercher Jean dans la nuit qui l'entourait. Elle lui indiquait le chemin du soleil blanc qui donne aux âmes des qualités si pures. Elle n'avait jamais autant regretté de le quitter que ce jour où il l'avait recueillie. Elle le remerciait. Mais elle n'était pas celle qu'il croyait qu'elle fût. Elle voulait le revoir. Elle ne savait pas où il était. Elle lui souhaitait de passer une belle journée. Elle ne lui donnait pourtant aucune adresse où lui répondre comme si son avis lui importait peu, à moins qu'elle n'ait aucun endroit à lui fournir où l'on puisse la trouver. Errait-elle, elle aussi, dans les rues de Paris ?

Jean relut la lettre, puis la remit dans la poche de sa veste. Peut-être était-il en train de rêver d'une vie qui ne le concernait pas ? Maintenant, il fallait qu'il marche, qu'il s'enfonce dans la nuit, qu'il goûte les odeurs du vent. Il décida de longer l'avenue. Peut-être trouverait-il un lieu ouvert où prendre un café. Il se sentit soudain très seul, comme si le ciel descendait à sa hauteur pour lui écraser les épaules.

Chapitre X
La poésie

Martin écrivit à son fils. Mathieu avait trouvé une mission auprès d'un homme politique du canton, Anaïs voulait être journaliste. Pour le moment, grâce aux vignes qu'il cultivait, Martin pouvait assumer l'avenir de la famille. Pourtant une nouvelle crise du vin pointait. Certains vignerons préconisaient des actions violentes. Le prix de la boisson baissait, les stocks d'invendus augmentaient.

Le père de Jean avait commencé à peindre des natures mortes et des scènes de la vie quotidienne. *Martigues aux barques lumineuses*, *Le pont du Diable, Le berger et son troupeau dans la garrigue* faisaient partie des toiles qu'il entassait fièrement dans l'atelier.

Il peignit le Vidourle ensorceleur, des enfants, des cousins, des chats, des chiens, des taureaux et des gardians. Il aurait pu devenir peintre muraliste afin de donner à voir le mouvement de la vie et les racines du peuple. Mais il manquait de temps pour cela.

En fait, Martin n'était jamais où l'on croyait qu'il fût. Il devint rapidement le peintre des arbres, des ruisseaux enfiévrés, des bergers solitaires. Il sillonna l'océan des humbles. Ses portraits étaient empreints d'une émotion délicate, d'une luminosité qui brûlait chacun de ses personnages à la chaleur d'un corail en feu.

« Regarde, disait-il à Jeanne, au plus haut de mon cœur, il y a l'étoile. »

Jeanne n'aimait pas qu'on la photographiât. Mais quand il décida de la portraiturer, elle posa des heures sans bouger, sans rien dire, suspendue au souffle de son époux. Sur la toile, elle a les yeux brillants sous le grand verre des lunettes, un regard noisette, un peu magique et voilé. Ses lèvres sont finement fermées, sa peau a la tiédeur rose d'un songe. Elle s'est habillée d'une robe bleue avec une chemise blanche nouée par un cordon si frais qu'il dit la paix du ciel et de la terre. Elle chuchote son désir de dormir avec lui sur un lit d'étoiles, de l'enlacer définitivement dans la lumière, de ne plus faire qu'un au jeu tendre du corps.

À la lecture de la lettre de son père, un sourire éclaira le visage de Jean. En ce monde, le jeune homme était guidé par une boussole d'amour. Du moins, le croyait-il.

Cependant, quand il ne passait pas son temps à la librairie, Jean écrivait. Un jour que le cousin Antonin l'avait invité à déjeuner dans un restaurant près du Châtelet, il lui révéla qu'il était poète et lui montra ses premiers essais.

Antonin s'enflamma. Il parla à son commis d'écriture émotive, de Rimbaud, de Mallarmé et d'Apollinaire. À ses yeux, Jean était l'héritier de ces grands poètes et, comme eux, il était un médium.

Le jeune homme expliqua au cousin Cadeuze que la poésie était pour lui semblable à la révolution permanente, que le poète devait détruire tous les ordres, *même l'ordre révolutionnaire*, ajoutait-il, afin de maintenir sans cesse présente la révolution de l'esprit.

« Les artistes dont je fais partie, déclara Jean, veulent que l'être humain triomphe dans la dignité ! »

Antonin ouvrit les portes de ses rayons de poésie au jeune homme. Jean dévora. Reverdy, Perse, Laforgue ce drôle de danseur, Cendrars, Prévert, Bousquet, Jabès… Il disait à Antonin :

« La poésie m'est indispensable. Lorsque j'écris, j'invente une longue chaîne de mots libérés qui ouvre un espace. Ainsi, je commence à vivre mon rêve de poète ! En réalité, lorsque j'écris, je suis nu. Je place la poésie plus haut que tout ! Demain, les lys de la modernité pousseront sur ma feuille blanche. Je quitterai le rivage de la versification pour découvrir de nouvelles terres d'une foisonnante richesse poétique. C'est un voyage qui remonte en moi du fond de l'enfance. »

D'un mouvement qui rappelait à Jean la taille du diamant, la jeune inconnue surgit enfin dans la nuit de Paris. De sa démarche assurée, elle quitta l'ombre d'une porte cochère. Aérienne et féline, il ne fallut que quelques secondes à Ariane pour se jeter au cou du jeune homme.

— Tu es là, enfin, murmura-t-il à son oreille sur un ton rapide et vibrant.

Il la serra dans ses bras, la tête penchée à la recherche de ses lèvres. Elle frotta sa joue contre sa poitrine.

— J'ai cru ne jamais te revoir.

Elle le fixa de ses yeux étincelants.

— Petite fille de haute flambée rouge. Démone rieuse.

Il pensa qu'il l'avait peut-être connue dans une vie antérieure. Elle prit sa main et le conduisit dans un appartement situé à quelques centaines de mètres de l'endroit où ils se trouvaient. Alors elle chanta pour lui. Une mélopée douce et lente. La voix tremblante et grave avec des aspects rauques qui rappelaient les savanes brûlées par le soleil, trahissait son émotion.

Jean eut l'impression curieuse d'une voix peu commune, voix noire et troublante, vive et secrète.

Quand la jeune femme eut fini de chanter, il y eut un

grand silence. Puis tout se remit en place dans le monde immobile. Au bout d'un temps assez long, elle rompit le calme. Elle parla d'abord de son enfance, des fleurs, des arbres, des animaux de la campagne. Ses yeux grands ouverts regardaient devant elle. Ils brillaient d'un feu étrange. Elle libéra sa main droite dans l'air, bougea un doigt, inclina légèrement la tête en avant. Jean vit une lueur au bout de son ongle. Elle agita son bras et la flamme s'éleva dans l'air pour disparaître telle une brindille qui se consume. Quand minuit approcha, elle éprouva un désir intense de lumière.

Ils passèrent le temps sans sortir tout en buvant du vin blanc. Le jeune libraire se demandait par moments s'il ne rêvait pas. Il vivait une mystérieuse histoire d'amour. Il avait la sensation que son corps ne faisait que répondre aux sollicitations de son esprit. L'alcool l'enivrait. Il voyait la jeune femme dans une vague de fleurs, nue, frémissante, chantant une brûlante mélodie. Hébété, il était arrivé jusqu'à elle en traversant l'obscurité profonde de la nuit. Bientôt, son regard se brouilla. Quand il s'éveilla, à l'aube, il était seul. Qu'était devenue Ariane ? Disparue, envolée, ne laissant sur le lit qu'un bouquet de tulipes dont la plus belle était couleur de feu. La plus inquiétante était noire et luisait comme un grillon.

Elle n'avait pas laissé de mot. En dehors du bouquet,

aucun objet dans la pièce ne témoignait de son passage. Tout paraissait en ordre. Jean tira les rideaux. Il faisait maintenant grand jour. Il frissonna comme s'il eût été en proie à un accès de fièvre. Il but un verre d'eau et revint s'asseoir sur le lit. Il quitta l'appartement sans que personne ne lui demandât quoi que ce soit. Son cœur battait à la folie. Il eut du mal à retrouver ses esprits.

*

En septembre cette année-là, Jean partit accomplir son service militaire. Sa feuille de route indiquait qu'il devait se rendre à Pau dans un régiment de parachutistes. Il passa quelques jours à Lunel, trouva que son père vieillissait. À vrai dire, il ne savait pas comment comprendre ce *vieillissement*. En apparence, Martin Estrine était en bonne santé. Il travaillait les vignes du domaine, aidait les viticulteurs les plus pauvres, faisait de longues promenades avec Jeanne, militait au sein du Comité viticole local. Mais son regard reflétait la couleur des nuages quand souffle sur la plaine le levant blanc. Ces jours-là, s'il ne pleut pas, la lumière laiteuse fragilise tout. Les arbres égrènent leurs feuilles que le vent colle un peu partout. L'air est irrespirable tellement il est gorgé d'eau. Jean se dit que son père était au sommet de la montagne et qu'il commençait à descendre vers le sombre. Néanmoins, le jeune homme fut heureux de passer quelques jours avec ses parents dans la maison où il avait vécu son enfance. Il se souvint que Martin, avant que les garçons ne s'endorment, leur racontait des histoires. Jean ne sut jamais si ce qu'il leur dévoilait était le fruit de son imagination ou s'il avait lu les faits dans un livre. Après tout, cela n'avait guère d'importance. Jean s'était peu à peu forgé un monde au centre duquel se trouvait Lunel. Il était le seul à connaître ce vaste territoire qu'il nommait *le pays du vent fou*. Il voyait encore la main brune de son père lorsqu'il le bordait. « Dors bien, mon enfant. » Jean fermait les yeux. Il entrait dans le pays du vent fou, observait de petits oiseaux rouges en train de voleter sur la vitre. Pour le gamin qu'il était alors, ce pays était un vrai ravissement. Dans ce vaste territoire, la lumière jouait un rôle essentiel. Il en aimait les arbres, les plantes, les animaux et, quand la pluie bourdonnait, que le vent secouait au plus profond des platanes les ombres du soir, il écoutait chuter leurs boules qui s'écrasaient sur le sol avec des *floc !* retentissants. Jean entendait alors la nature lui parler avec délicatesse. C'était un chuchotement doux qui venait jusqu'à lui, qui sifflait dans les branches. Un frémissement de lumière coulait dans les arbres. Jean savait alors qu'il allait être ébloui. Pensait-il au chemin qui le conduisait au cœur des vignes ? À la route d'Aubais qu'il apercevait au flanc de la colline ? L'enfance était pour lui une terre où il puisait toutes ses forces. Il se souvenait de cette phrase de Saint-Exupéry apprise à la communale : *L'enfance, cette planète d'où chacun est sorti.*

Quant à Jeanne, elle lui avait expliqué comment elle avait rencontré Martin. Elle était encore fine et gracieuse, le temps ne semblait pas l'atteindre. Jean, enfant, imaginait qu'elle était un narcisse tant elle aimait l'eau et le soleil. Il n'avait pas connu Fanny, sa grand-mère, née Foulquier de Cadole et morte alors que Jeanne et son frère étaient tout jeunes. Quant au grand-père Antonin Noé, il ne s'était guère intéressé à sa progéniture et avait fini par sombrer dans l'alcool.

Ce jour-là, Jean arriva par le train du matin en gare de Pau. Il n'avait pour tout bagage qu'une petite valise métallique où il mettrait ses vêtements civils dès l'uniforme endossé. Un camion de l'armée attendait les nouvelles recrues à la gare. Il bruinait. Un caporal en tenue léopard retaillée, béret rouge flamboyant, paradait. Jean, sur un signe du sous-officier, monta dans le camion, puis le véhicule démarra en direction du camp d'Idron. À leur arrivée, on s'empressa de leur donner une tenue. Ensuite, on les rasa. Puis ce fut la photo. L'apprentissage de la vie militaire commençait.

Jean, brusquement, se sentit seul. Sale et bête. Il avait

eu envie de sauter du camion et de s'enfuir. Il revit le doux visage d'Ariane. Il était loin de Paris. La jeune femme avait dû l'oublier. Au cas où elle lui adresserait une lettre, il avait fait suivre son courrier.

Les premières semaines de son service militaire furent un supplice. Le crâne rasé, il trouvait qu'il avait l'air d'un idiot. Les nouveaux venus furent logés dans un baraquement qui n'était pas chauffé. La nuit, il grelottait. Le jour, il marchait au pas en chantant *heidi, heido, heida, ha ha ha ha ha ha ha.* Jean fut dégoûté de la discipline à tout jamais. Rapidement, il fut en butte aux persécutions d'un caporal. Dans le civil, Dayer avait été boucher aux abattoirs de la Villette. Jean, qui n'était pas dégourdi et ne faisait rien comme tout le monde, fut bientôt l'objet de sévices. Il devint la tête de Turc du caporal. Quand il eut fini ses classes, on l'affecta à l'infirmerie. Il n'était bon selon ses chefs à n'être rien qu'un *gratte-papier* ou un homme de soins. Il ne serait jamais un guerrier viril, âpre au combat conduisant sa section sous le feu des mitraillettes, un chef, quoi, prêt à monter au front à la moindre escarmouche. Dès lors, Jean put s'adonner à la lecture. Le service lui laissait des loisirs qu'il occupait du mieux possible. Il lut Homère, Giono, Bousquet, Gracq, Jabès, Ovide. Souvent, il voyait passer devant sa fenêtre, le *coureur cycliste.* Focalora pouvait s'entraîner sur sa bicyclette. Il était, chuchotait-on dans les rangs, un *sportif de haut niveau*, libre d'aller et venir à sa guise. Il était protégé par une personnalité importante, disait-on. Un général ? Un ministre ? Jean n'en sut jamais rien. Il voyait Focalora s'échauffer. Il sautillait sur place, s'étirait, assouplissait son corps. Puis il enfourchait sa bicyclette et sortait du camp pour n'y revenir, épuisé et suant, que deux heures après.

Le dimanche, quand il était d'astreinte, Jean jouait à la pétanque devant l'infirmerie. Il faisait équipe avec Rivière et Taillefer. S'il y avait une urgence, un militaire malade, il appelait le médecin. Parfois, il fallait rapatrier un soldat permissionnaire. C'était l'occasion de faire une balade dans le pays. En général, le malade en question souffrait du stress de *retour au camp* : une sorte de refus de retrouver les marches forcées, les rodéos de nuit avec des sacs chargés de cailloux, les humiliations des sous-offs.

Les mois passèrent.

Quelques semaines avant Noël, Jean reçut une lettre d'Ariane. La neige recouvrait les sommets pyrénéens. Chaque matin, vêtu d'un short et d'un pull-over, il fallait courir. Au bout de quelques kilomètres, Jean avait du mal à respirer. Il avait des difficultés à suivre l'allure. Le vent tempêtait dans les arbres et même le drapeau français qui, habituellement, flottait avec insouciance dans le ciel bleu, paraissait ne pas être à la fête.

Ce matin-là, un peu avant le repas de midi, dans sa chambre, il décacheta la lettre d'Ariane. L'écriture était ronde et douce. L'envoi n'était pas venu directement à l'infirmerie. Elle avait séjourné chez le vaguemestre. Celui-ci avait écrit au crayon sur l'enveloppe : *Inconnu à la compagnie B, voir infirmerie*. Ariane lui disait qu'elle avait voyagé durant de longs mois, qu'elle avait appris qu'il effectuait son service militaire. Elle espérait que tout se passait bien pour lui. Elle lui donnait une adresse où lui écrire. À Noël, s'il venait à Paris, elle aimerait qu'ils aillent au cinéma ensemble. Elle lui indiquait les films qu'elle avait vus. Elle avait adoré *La Maman et la Putain*, de Rivette, bien qu'elle estimât l'œuvre un peu longue. Elle paraissait heureuse. Elle avait retrouvé sa joie de vivre. Jean espérait se retaper en sa compagnie. Mais peut-être la jeune femme, bien qu'elle le fascinât, le laisserait-elle, comme les fois précédentes, désorienté. Elle ne l'avait pas oublié. Elle désirait le revoir. Il en fut heureux. Jean se dit que la jeune femme était certainement attirée par le côté sombre et désespéré qui l'agitait à certains moments. Elle voyait en lui, à juste titre sans doute, un être qui ne trouvait sa place nulle part. Un étranger au monde qui l'entourait. Jean glissa la lettre d'Ariane parmi ses livres sur l'étagère du milieu de l'armoire. Il lui répondrait, mais il prendrait son temps. Il ferait plusieurs brouillons.

*

Au jour fixé, sa permission en poche, il partit pour Paris. Il se sentait en proie à un étrange cauchemar. Il était libre et seul. Sur le quai, en attendant le départ, il fut saisi par une aile éclatante de blancheur. Il crut qu'elle l'emportait. En réalité, ce n'était qu'un souffle de vent glacé. Il se dit qu'Ariane ne viendrait peut-être pas au rendez-vous. Se moquait-elle de lui ? Il dut s'avouer qu'il se posait parfois la question. Ses silences autant que ses absences lui pesaient. Dans le train où il prit place, il s'assit près de la fenêtre. Il aimait s'éblouir des paysages qui défilaient. Il imagina un monde dont il pouvait exprimer les images. Ce qu'il voyait à travers la vitre, ce n'était que cela : la fuite du temps de plus en plus saccadé comme si l'on se trouvait dans un rêve attendant l'ultime seconde de l'éveil. Maintenant la campagne s'approchait de lui à toute allure. Quand il ouvrit les yeux, il pleuvait. De grosses gouttes coulaient sur la vitre que la vitesse du train écrasait bientôt. Rien alors n'était plus doux à son oreille que le chuchotement de la voix qu'il entendait. C'était une voix féminine qui fredonnait une chanson singulière. Il pensait à une nymphe mystérieuse qu'il aurait pu rencontrer dans les collines, non loin d'une source. Il se souvenait de la *petite fille au chardonneret* de son enfance. Il s'était approché d'Ana Corbières qui se trouvait dans une vigne. En le voyant apparaître, plongeant ses yeux dans les siens, elle s'était mise à chanter. Il en avait été bouleversé. Cette voix familière lui donnait beaucoup de bonheur. Dans son demi-sommeil, il revoyait le visage d'Ana. Il discernait dans un halo de lumière son corps d'enfant. Elle était si proche de lui maintenant qu'il finissait par la serrer dans ses bras. Mais elle le repoussait. Il doutait qu'elle l'aimât. Elle ne chantait plus. Ses yeux avaient des reflets verts. Elle embaumait la menthe. Elle se transformait en chatte au regard océan, en oiseau-mouche, en fleur d'amandier. Elle était l'enfant de la nature. Il se souvint que lorsqu'il était à ses côtés, il avait des palpitations dans sa chair. Il voyait voleter autour d'elle des oiseaux rouges et bleus. Quand elle respirait, la pointe de son sein, à peine dessiné, frissonnait. Jean n'aimait rien tant que sa voix. Elle le bouleversait. Il l'eût suivie jusqu'au bout du monde. Elle entourait *la petite fille au chardonneret* d'une douceur étrange. Elle lui ouvrait les portes d'un jardin mystérieux.

*

Jean revêtit des habits civils. Le crâne rasé, la veste trop étroite, il avait une drôle d'allure. Il laissa la valise contenant son uniforme à la consigne de la gare. Quelle heure était-il ? Il ne prendrait pas le métro et rejoindrait son lieu de rendez-vous à pied. C'était un jeu pour lui que d'errer dans la foule. Les images défilaient. Les passants, les voitures circulaient dans un univers agité. Maintenant, il marchait en pensant à Ariane. Il la trouverait à cet endroit inconnu de tous et connu de lui seul. Il longea la Seine. En cet instant, Ariane n'existait que pour lui. Il savait qu'il allait retrouver sa trace, le vent lui apportait son parfum. C'était un moment émouvant et plein de grâce. Soudainement, il entendit la mélodie des collines. Il l'écouta dans un crépuscule couleur de pêche tout en marchant d'un pas alerte. La voix murmurait dans sa tête, apportant sur ses lèvres l'odeur des pins. Il se laissa voguer au gré du flot des passants qui se présentait. Un bruissement alerte montait d'un carrefour ou d'un boulevard pour lui indiquer où aller. Jean se disait que ce qu'il entendait, c'était un phrasé musical possédant une sorte de pureté angélique. Arrivé sur les lieux du rendez-vous, Ariane n'était pas là. Il se jeta dans la rue Croulebarbe. Le vent ne sifflait plus à ses oreilles. Jean se sentit perdu. Il alla se poster à quelques pas de l'auberge Etchegarry. Viendrait-elle ? Il avait l'habitude qu'à un moment ou à un autre, elle lui échappât. Il avait froid. Il décida de prendre un express dans le premier bistrot venu. Souvent, quand il était en errance dans Paris, c'était ainsi. Il faisait une halte pour boire un café. Mais, ce jour-là, il se demandait s'il n'avait pas présumé de ses forces. On approchait des fêtes de Noël et le froid était vif. Il porta la tasse à ses lèvres. Il aimait le goût âcre du café de bistrot bien serré. Cela lui remontait le moral. Dès la première gorgée, il se sentait mieux. Lorsqu'il eut pris sa consommation et qu'il se leva, le jour gris lui parut sinistre. En l'espace de quelques minutes, le temps avait changé. Il sortit du bistrot. Un froid vif tenaillait l'atmosphère. Il remonta le col de sa veste, souffla sur le bout de ses doigts. Devant l'auberge Etchegarry, les arbres s'abandonnaient au crépuscule. Les passants, surpris par le brusque abaissement de la température, s'empressaient de rentrer chez eux. Ce fut à cet instant qu'elle parut, nimbée dans un halo de lumière. Il la vit arriver sur le trottoir, fine et élégante. En quelques secondes, elle fut dans ses bras. « Enfin, te voilà ! chuchota-t-elle à son oreille. Ma cousine Betty nous a laissé son appartement pour quelques jours. » Elle lui prit la main et l'entraîna.

*

Après que le vent eut cessé de chanter dans la tête de Jean, le jeune homme ressentit le poids de la fatigue. Au bout d'un temps assez long, Ariane se déshabilla et se glissa sous les draps. Ses yeux grands ouverts regardaient devant elle. Ils brillaient d'un feu étrange. Puis elle haussa doucement une épaule, s'étira avec tendresse. Elle était auréolée par sa jeunesse. Elle passa sa langue sur ses lèvres

Jean crut voir une étoile minuscule briller au bout de son doigt. « Regarde, lui dit-elle, c'est une larme de vent. » Elle agita la main et la larme se fondit dans l'air. Quand minuit approcha, elle éprouva un désir intense de lumière. Elle avait allumé des bougies qui parfumaient la pièce d'une odeur de buis. Ils passèrent la permission de Jean à faire l'amour. Ils grignotèrent des fruits secs et burent du vin blanc. Le jeune militaire vivait une étrange histoire. Par moments, l'alcool lui montait à la tête. Jean voyait Ariane dans une vague de fleurs, nue, frémissante, brûlante de désir. Hébété, il était arrivé jusqu'à elle en traversant la nuit. Bientôt, son regard se brouilla et il tomba dans un profond sommeil. À son réveil, à l'aube, il était seul dans la chambre. Jean tira les rideaux. Il faisait maintenant grand jour. Il frissonna comme s'il avait été saisi par un accès de fièvre. Il s'habilla et quitta l'appartement sans avoir vu âme qui vive. Le froid glissa au creux de ses épaules et le long de ses bras. Il regarda sa montre. Il avait tout juste le temps de se précipiter à la gare pour prendre son train.

Revenu au camp, il apprit que Focolara avait perdu la vie au cours d'une marche de nuit. Le coureur cycliste qui ne pensait qu'à devenir champion de France était mort bêtement. Le cœur avait lâché.

Jean écrivit plusieurs lettres à Ariane, il n'obtint en retour qu'une courte missive. Il se faisait pourtant une joie de revoir la jeune femme, de retrouver les rues de Paris grouillantes de passants, de flâner dans les librairies. Encore quelques mois et son service militaire se terminerait. Il avait appris à sauter en parachute, à soigner des malades, mais il se disait qu'il avait perdu son temps. Il avait vécu ces longs mois sous les drapeaux comme une humiliation. Les brimades supportées par les soldats l'avaient effrayé. Avant de regagner Paris où le cousin Cadeuze l'attendait, il passerait quelques jours à Lunel. Il quitta définitivement le camp en compagnie de Taillefer qui rejoignait sa Beauce natale. Le printemps arrivait. L'air était vif. Le Gave bruissait de mille sonorités. Quand il parvint au domicile de ses parents, Martin l'attendait sur le pas de la porte. Il le serra dans ses bras. Il était vêtu d'une chemise délavée. Il flottait dans son pantalon. Il parut si léger à Jean que celui-ci eut l'impression que le premier coup de vent allait l'emporter. « Au moins, déclara Martin, tu es en bonne santé ! »

*

De retour à Paris quelques jours après, Jean reprit son travail à la librairie. La ville ne lui pesait pas. Il revint à ses errances nocturnes. Il alla sonner à la porte où il avait vu Ariane entrer, mais personne ne lui répondit. Un chat guettait sur le rebord d'une fenêtre. Il ne paraissait pas effrayé. Il regardait la rue avec suspicion. Il était blanchi par un rayon de lumière en provenance de l'éclairage public. Un soir, cependant, alors qu'il tambourinait sur la porte, une femme âgée vêtue avec soin vint lui ouvrir. Elle passa une main fine devant ses yeux et lui sourit.

— Pourrais-je parler à Ariane ?

La vieille dame le fixa d'un regard triste. Il l'entendit dire d'une voix douce :

— Non, elle n'habite plus ici.

Jean poussa un soupir. Elle parut gênée. Elle lui prit la main.

— Vous êtes Jean, n'est-ce pas ?

Il répondit simplement :

— Oui.

La vieille dame enchaîna :

— Je suis heureuse de faire votre connaissance. Ma fille m'a souvent parlé de vous.

Les yeux de Jean brillèrent d'un vif éclat.

— Mais où est Ariane ?

La vieille dame eut un sourire las.

— C'est un oiseau de passage. Nul ne pourra la mettre en cage.

Jean s'agaça.

— Peut-être. Mais il faut que je la voie.

La vieille dame recula.

— Vous êtes différent des autres. Mais vous ne la changerez pas !

— Où est-elle ? insista Jean en mettant la main sur la poignée.

La vieille dame ne répondit pas. Puis, d'une voix blanche, elle avoua :

— Je ne sais pas.

Et elle referma la porte.

*

Sans hâte, Jean regagna son appartement. Il aimait Paris bien que la ville fût pour lui une sorte de labyrinthe qui ne cessait de le tourmenter, l'écrasant du poids de la solitude. Il était relié à Ariane par un lien invisible. Durant ses heures d'errance, il s'attacha à parcourir la ville en suivant le fil de ses pensées. Les rues l'enfermaient dans leurs bras, l'embrassaient de leurs lèvres pleines et chaudes. Il sentait jusqu'aux frissons de leurs hanches, frémissait de la douceur de leurs baisers. Une nuit qu'il vagabondait le feu en tête, il vécut une scène étrange. Le vent poussa vers lui un jeune homme qu'il croisait quelquefois, plus beau que jamais, le regard brûlant d'une fièvre indicible, la chevelure flottant sur ses épaules, l'allure fine, la démarche légère. Jean se dit qu'il était au cœur du labyrinthe. Cet ogre ténébreux, aidé de son chien sauvage, ce rude Minotaure allait l'assassiner. Il poussa un cri rauque. Et le jeune homme se précipita sur lui. Jean ne vit que la beauté de son visage qui s'approchait du sien. À la manière d'un torero, le buste droit, la main flottante comme s'il tenait une cape, il évita la charge. Emporté par son élan le jeune homme bascula sur la chaussée à l'instant même où arrivait une voiture. Sous l'effet du choc, il disparut à la vue de Jean. Le véhicule ne s'arrêta pas. La rue redevint déserte. Jean s'éveilla de son rêve. La ville dormait.

*

Apaisé, il revint à son appartement. Le jour se levait sur Paris. Le vent sous un ciel gris jouait avec les maisons. La vie reprenait son cours. Les commerçants ouvraient leur magasin. Chacun suivait son chemin. Dans sa chambre, Jean avait posé sa machine à écrire de voyage sur une petite table. Il avait commencé à rédiger un récit, *Le paysan et la tour Cléopâtre,* qu'il destinait à un jeune éditeur passionné de littérature fantastique. Un soir, il s'était assis et avait pianoté sur les touches de sa *Corona*. Il avait écrit les premières phrases de son récit : *Chacun des jumeaux Ronan et Maia avait un grain de beauté sur l'oreille gauche. C'était le signe de la reconnaissance du dieu An.*

Il s'était alors rendu compte de la tâche qui l'attendait et s'était dit qu'il ne parviendrait jamais à achever son récit. Dépité, il quitta l'appartement et partit à l'aventure. Il fut bientôt saisi par l'angoisse. Il n'avait personne à qui parler. Il était une sorte de navire en train de s'échouer. La Méditerranée, pourtant si chère à son cœur, ne lui apportait aucun réconfort. Quand il parvint sur le parvis de Notre-Dame, il crut entendre un hymne qui montait de la terre. Mais le royaume dans lequel il lui arrivait de s'échapper était éphémère. Il y avait dans ses pensées quelque chose de familier et d'étrange, comme une impulsion qui lui rappelait l'aventure d'Ariane et de Thésée, le mystère de leur amour. Les doigts de Jean s'ouvrirent alors comme des lèvres gonflées de tiédeur. C'était une ébauche de caresse qui passait sur sa peau et le faisait frémir. Il était immobile face à la cathédrale, le corps ployé, le bras tendu comme s'il allait lancer le grain afin d'ensemencer la terre. Le germe devait maintenant jouer son rôle.

Cependant Jean se posait la question pour laquelle il n'avait pas de réponse. Comment retrouver Ariane ? Elle s'appelait Azzadine. Elle pouvait être mariée et porter le nom de son mari. Jean ne désespérait pas de trouver des indices qui le mettraient sur la piste de la jeune femme. Ariane, c'était une musique qu'il avait en tête. Il ne craignait pas de s'aventurer dans les profondeurs de la solitude pour lui parler. Il saurait être patient.

Un soir, dans une ruelle obscure, il pensa qu'elle était là, tapie dans l'ombre à l'observer. Mais personne ne se manifesta. Souvent, il se disait qu'il était un aventurier de la pire espèce, un voyageur ballotté par le vent qui crissait sur sa peau. En outre, il avait le sentiment de vivre en exil dans une ville qu'il connaissait mal. Paris au cœur de ses pérégrinations était un feu. Un brasier. Néanmoins, la cité lui donnait la force et le courage nécessaires à la vie. Elle enflammait ses moindres élans. Elle lui parlait d'un pays qu'ils étaient tous les deux seuls à connaître. Le crépuscule venu, le jeune libraire prenait possession de son royaume. Jean était devenu un chasseur de rêves. Il possédait la mélancolie des exilés. Il avait le goût des choses secrètes.

*

Il la retrouva au Café de France. Il vint s'asseoir à côté d'elle. Ariane n'était plus la même. Elle portait des lunettes noires. Son visage état légèrement bouffi. Rien à voir avec la fille du vent qu'il avait connu. À l'arrivée de Jean, elle bougea à peine la tête. Il crut apercevoir derrière ses lunettes la vivacité de son regard. Elle eut un léger sourire et ses lèvres, une seconde, se gonflèrent de plaisir. Il parvint à lui demander si la fumée de la cigarette ne la gênait pas. Elle lui répondit que non d'une voix faible. Elle paraissait regarder les clients avec indifférence. Il fit encore un effort sur lui-même pour engager la conversation. Elle se raidit aussitôt comme s'il lui rappelait un souvenir triste. Elle bougea la tête, l'inclina vers lui. Elle lui répondit faiblement. Sa voix était cassée. Elle porta la main à son front. Elle parut troublée. Elle ôta ses lunettes. Il vit le cristal de ses yeux changer.

Elle se leva et, sans un regard pour Jean, sortit. Il la rattrapa, se rapprocha d'elle. Le vent qui soufflait avait un goût amer. « Tu n'as pas changé », lui dit-elle dès qu'il fut à ses côtés. Son visage était clair. Il choisit ce moment pour lui annoncer qu'il l'avait cherchée longtemps. Elle leva la tête. Ses yeux étaient mouillés. Ils marchèrent en silence durant de longues minutes. Puis elle le quitta pour prendre un bus.

Durant une dizaine de jours, elle ne vint pas au Café de France. Elle devait lui écrire mais elle ne le fit pas. Jean se dit qu'une nouvelle fois, elle lui avait faussé compagnie. Il revint rôder dans le quartier, mais il ne l'aperçut pas. Il avait l'impression qu'elle s'enfonçait dans un trou noir. Un matin, le jeune libraire reçut un colis. Jean se dit qu'on lui retournait un manuscrit. L'adresse avait été écrite à la hâte. Il reconnut l'écriture d'Ariane. Il ouvrit l'envoi. Il ne vit tout d'abord que de vieux journaux froissés. Il crut à une plaisanterie. Puis il découvrit un gros cahier. Un post-it était collé sur la couverture : *Pour toi*. Cela faisait une centaine de pages couvertes d'une écriture fine et élégante. Il comprit qu'il s'agissait du journal intime d'Ariane. Elle le lui offrait en pensant peut-être que le médiocre écrivain qu'il était se changerait en auteur à succès dès lors qu'il raconterait la vie tourmentée de la *fille du vent*. Jean apparaissait dans le récit sous le pseudonyme qu'il s'était donné de *Plujau*[19]. Il y était décrit comme un être généreux et heureux de vivre. Ariane faisait part, sans artifice, de sa vie. Jeune enseignante, elle avait été nommée à Soissons au lycée Léonard de

19. Vent de la pluie (occitan).

Vinci. Elle avait connu son mari, Charles Ordener, un banquier, à cette période-là. Ils avaient eu un gosse ensemble, Noël. Quelques mois après le début de leur liaison, Charles la trompait déjà avec une employée de la banque. Ordener était un homme à femmes. On ne l'aimait pas que pour son argent. Ariane parlait aussi de ses amours avec Louison, l'un de ses élèves. Elle décrivait avec force détails leur rendez-vous amoureux. Mais les parents de l'adolescent avaient porté plainte et elle avait dû changer d'établissement. Elle disait en avoir assez de ce *fourbi*. Le mot ne rassura pas Jean. Quand il eut fini de lire le cahier, le jour déclinait. Il enfila un blouson et se précipita dans la rue. Sa tête lui faisait mal, son cœur battait à tout rompre. Il courut à l'hôtel indiqué par Ariane, mais on lui répondit qu'on ne la connaissait pas. Peut-être s'était-elle inscrite sous un faux nom ? Mais nulle femme ne correspondait à la description qu'il en fit. Il reprit bientôt son errance. Sans qu'il veuille se l'avouer, il était inquiet. Le soir, quand il travaillait sur *Le paysan et la Tour Cléopâtre*, il s'interrompait fréquemment. Sa pensée était ailleurs. Que faisait-elle ? Pourquoi ne donnait-elle pas des signes de vie, une lettre, un mot, un appel téléphonique ?

Quand il arriva à l'hôtel B&B cet après-midi-là, il avait du mal à marcher. Il était fatigué, mais quelque chose de plus fort le poussa à entrer. Alors qu'il s'attendait à une réponse négative, le réceptionniste lui indiqua un numéro de chambre. Quand il pénétra dans la pièce, Ariane était debout près de la fenêtre. Elle allait se jeter dans le vide. Il fit quelques pas, lui parla avec douceur. Elle ne lui répondit pas. Elle enjamba la balustrade. Il se précipita, attrapa un pan de sa robe. Il sentit que le vêtement se déchirait. Elle poussa un cri. Quand il regarda en bas, dans la rue, il vit que les gens s'attroupaient. Il tira de toutes ses forces, saisit une de ses jambes et la remonta comme il put. Elle se blottit dans ses bras en sanglotant. Il mesurait la légèreté de son âme. Elle transpirait d'effroi. La douleur lui serrait le ventre. Jean la reconduisit à l'intérieur de la chambre et referma la fenêtre.

« Je n'en pouvais plus ! » déclara la jeune femme.

Il alluma une cigarette et la lui tendit. Elle parut retrouver ses esprits. « Merci », murmura-t-elle d'une voix blanche.

Troisième partie
Ana

Chapitre XI
L'été

L'été venu, Jean prit la route du Sud. Ariane le rejoindrait plus tard. Ils en étaient convenus. Il fallait qu'elle aille dans la Somme auprès de sa grand-mère malade. Jean aimait l'automobile. Il pouvait ainsi durant de longues heures rester lisse et engourdi dans le silence blanc de l'habitacle et rêvasser tout son saoul. Ariane prit le train pour Amiens en lui promettant de lui écrire le soir même. Tard dans la nuit, à hauteur de Dijon, Jean s'arrêta pour dormir quelques heures. Au petit jour, il se remit en route et trouva un modeste bistrot dans la campagne où il but un bol de café et déjeuna de tartines beurrées.

« La poésie est meilleure après la première gorgée de café », affirmait un poète de ses amis. Il fouilla dans la poche de sa veste et en sortit un petit livre[20].

20. Jabès, E. (1955). *L'écorce du monde*. Seghers.

Visage du présent. Visage du passé.
Un voile les sépare. Un rideau humide.
L'œil encore brouillé, d'une larme ancienne.
Mélancolie. Mélancolie.
Nous mourons de ce qui nous réduit.

Antonin lui avait offert le volume en disant que l'auteur « était une sorte d'étoile que l'on ne trouvait plus guère aujourd'hui sur les sentiers de la poésie. »

Jean avait aimé tout de suite l'œuvre de l'écrivain, sa veine éprise de lumière sans cesse à la recherche du serpent des mots. Il avait lu à Ariane *Je vous écris d'un pays pesant*, un poème qui commençait ainsi :

Aussi belle que la main de l'aimée
sur la mer.
Aussi seule.

Jean arriva à Lunel pendant la fête locale. L'été venu, on honorait le taureau et l'alcool coulait à flots. Le jeune homme n'aimait pas que l'on pût se soûler ainsi en buvant des *mètres* de pastis. Il goûtait pourtant au plaisir de la danse dans la frénésie du moment.

Toute la famille lui sauta au cou. Jeanne avait vieilli.

Jean la serra contre lui.

Mathieu partait à son travail, il embrassa son frère à la volée, lui envoya une bourrade en le traitant de *Parisien,* puis s'échappa joyeusement.

Anaïs lisait dans un fauteuil. Minceur des jambes,

hardiesse de la poitrine sous le tee-shirt.

— Salut frangin !

Elle sauta au cou de son frère, lui mordilla l'oreille.

— Toujours aussi sexy !

Martin observa son fils aîné. Il était debout, la chemise ouverte sur sa poitrine brunie de soleil.

— Te voilà, enfin ! dit-il simplement en l'embrassant à son tour. Jean donna des nouvelles du cousin Antonin. Il parla de la vie à Paris, de la librairie.

— Ici, déclara Martin, on se demande où l'on va... Après ce coup de tonnerre du Comité d'Action Viticole !

Ils discutèrent un long moment de la manifestation de Narbonne, des barrages de route avec les tracteurs et des affrontements violents avec les forces de l'ordre.

Dans la soirée, Jean partit en voiture pour le Grau-du-Roi. Après avoir garé le véhicule en bord de mer, il s'enfonça dans la nuit. Marcher lui ouvrait le chemin de la conscience. Il avait à peine laissé les dernières villas derrière lui que l'inconnue qui le suivait depuis quelques minutes le rejoignit. Jean se retourna. C'était une jeune fille au visage d'une intensité déconcertante.

Elle lui prit le bras.

— Racontez-moi.

Jean ne sut que lui répondre. Il cligna des yeux, observa que les étoiles dans le ciel brillaient toujours autant.

— Que voulez-vous que je vous raconte ? J'arrive de Paris. Je suis en vacances.

Et il resta, sans plus dire un mot, un long moment à observer la nuit.

— Je vous ai vu marcher sur le sable. J'ai su que vous étiez un fils du vent.

Jean s'immobilisa.

— Vous croyez... Que je suis un fils du vent ?

Elle souffla

— Oui. Que vous êtes un être de lumière.

Il s'amusa d'elle.

— J'ai du mal à saisir le sens de votre propos.

— Un être de lumière venu voler le raisin pour fabriquer son vin de lune ![21] Vous êtes un poète !

Il éclata de rire.

— Vous croyez aux fées !

Il regarda la jeune fille dans les yeux comme il eût observé un enfant.

— Pourquoi me suivez-vous ?

— Je vous l'ai dit. Pour votre allure poétique.

Elle serra plus fort le bras de Jean.

— Vous me faites mal. Lâchez-moi !

La voix de la jeune fille lui arriva de très loin :

— Pardon !

21. Vin fabriqué avec des raisins volés la nuit. Il conférerait force et virilité à celui qui en boit.

La lune éclairait le paysage. Peu à peu, Jean retrouva son souffle.

— Vous savez, gémit-elle, j'aimerais vous entendre parler la vie entière.

Magnifiques yeux noirs qu'elle tournait vers lui. Fleur aux mille pétales qu'il tirait de l'ombre. Il devinait le corps souple sous la robe.

Il réussit à savoir qu'elle se nommait Ana Corbières, habitait au cœur du marais au mas de la Tour avec ses parents. Elle se disait fille du Vidourle. Elle avait une bouche d'ombre, un rire soyeux. Il entendit battre son sang, il aimait la musique de sa voix. Elle se donna à lui, vivante de chaleur et de cendre. Elle était douce comme le ventre de la mer un soir d'août.

Dans la petite cité, la vie s'écoulait, réglée par la normalité de l'été. Les courses de taureaux enflammaient les esprits. Le maire se promena dans une calèche montrant à tous les clefs de la ville qu'il offrit dans les arènes, pour la durée de la fête, au chef des *festejaires*. Jean déambula dans les rues qui bruissaient de couleurs et de cris. L'air était épaissi de poussière. Comme chaque année à la même époque, l'alcool échauffait les esprits.

Les terrasses des cafés regorgeaient de monde. Il rejoignit Ariane, arrivée par le train ce matin-là, à *La Tauromachie*. Elle était assise avec un inconnu qui lui parlait des taureaux, de la course camarguaise, des raseteurs. La jeune femme fit les présentations.

— Jean Estrine… Lutz Matéos !

— Alors… ricana ce dernier, vous êtes poète ?

Jean le salua d'une révérence :

— … il dit que la lune est un chapeau de sable et il la piétine… Les fous ont des colères inouïes ! Les fous sont des sages !

— Voyez-moi ça… Moi, je suis gardian !

Matéos n'aimait rien de moins que la bouvine et la Camargue sauvage.

— Le pays n'est plus ce qu'il a été, chuchota-t-il mystérieusement, la route de la mer, les pieds-noirs ont défriché une partie du marais… Et les vignes de la plaine ont foutu le camp… Alors qu'est-ce qu'il nous reste ?

— Le tourisme !

— Je préfère mes figuiers.

— Le taureau et les traditions ?

— Pour qui ? Pour quoi ? Dans quel but ?

Matéos était très pessimiste sur l'avenir de la Camargue.

— Pour les touristes, les journalistes ont inventé la *Petite Camargue*, ce qui est complètement ridicule… Il y a la Camargue, voilà tout. À partir du Rhône, elle est Provençale, de ce côté-ci, elle est Languedocienne…

Jean gardait les yeux fixés sur le sourire de cet étrange personnage sorti du fin fond du palus.

— J'habite aux cabanes, je chasse encore et je pêche, mais avec les voitures de cette putain de route, il n'y aura bientôt plus de place pour nous.

— Oui... Et la plage n'est plus qu'une zone de bronzette infectée l'été par les humains.

Ariane se taisait. Elle regarda son verre.

— Était-ce vraiment nécessaire de défigurer le pays à ce point ?

— Non.

— Alors pourquoi ?

— Après le discours de De Gaulle en... Je ne sais plus ! Et la mission de ce Balladur, nous avons été impuissants... Plutôt que la Grande-Motte, il aurait fallu aménager l'espace autrement, donner prise à l'arrière-pays, favoriser l'investissement populaire, faire du lido une sorte de parc naturel ! Protéger l'étang de l'Or ! L'aménagement de notre littoral est à l'image des nouvelles cités, une verrue de cages à lapin face à la mer !

Jean s'arracha à l'emprise du gardian.

— Le Languedoc est un pays très ancien. Vous verrez qu'il se survivra !

Au bout de quelques jours, Jean, accompagné d'Ariane, s'installa dans une petite villa qu'ils avaient louée non loin du port du Grau-du-Roi. C'était Ariane qui l'avait persuadé d'agir ainsi.

« Ce sera plus facile d'écrire en contemplant la mer », lui avait-elle murmuré à l'oreille. Durant les journées de canicule, ils attendaient que se lève *Notos,* ce vent chaud qui lèche avec bonheur leurs corps dénudés. Ils cherchaient alors l'extase du silence. S'ils allumaient le poste radio, c'était pour que l'obscurité devienne musique et qu'elle chasse l'angoisse des ténèbres afin de faire place à la joie, à la douceur du plaisir, à la tendresse des sentiments. Jean, gourmand de chair, se pénétrait de la nudité d'Ariane, de ses seins bandés. Il se laissait envahir par la douceur de ses lèvres, piqué par sa langue fraîche, par sa bouche qui avalait son sexe. Il caressait son pubis doux et crissant à la fois. Il satisfaisait ses désirs d'enfant, aurore dans la chair d'Ariane. Il se demandait pourtant s'il ne devait pas parler à la jeune femme de sa rencontre avec Ana. Il décida de ne pas répondre à la question. Après tout, ils n'avaient pris aucun engagement l'un envers l'autre.

*

Jean entra dans le mas de la Tour telle la lumière vive à l'aube naissante. Ana logeait dans une aile, à l'abri du regard de ses parents. Il embrassa ses joues de pêche. Elle ne le quittait pas des yeux.

— Viens ici, près de moi, Jean !

Sur le lit, elle était nue, bombant le ventre, les seins pointés, aveuglée par la brutalité de la lumière de l'été. Il fit chuter ses sandales, jeta chemisette et pantalon sur la chaise. Il songeait à l'enchantement de son sexe, à la douceur de ses caresses.

Elle était comme un ange descendu sur terre agitant ses ailes dans des éclairs de nudité. Dans les volets, le vent fit entendre sa voix. Le cœur battant, Jean se tourna vers la jeune femme. Elle avait un visage fragile que la lumière éclairait avec douceur. Il sentit son corps frémir comme l'eau d'une fontaine que le vent irise. Elle avait de la peine à détacher les yeux de son visage. Elle parut troublée. Elle lui prit la main. Il lui lança un tendre regard, lui parla de l'étang de l'Or, d'une cabane perdue au milieu du palus. Ils s'habillèrent, sortirent. S'égayèrent.

— Viens !

Ils prirent un sentier, s'enfoncèrent dans la nature sauvage. Le palus fascinait Jean.

— C'est par là.

Il avait la chaleur de sa main dans la sienne. Ana le suivait joyeusement. Des aigrettes jacassaient dans les pins proches. *Tout va bien, pensa la jeune femme, je suis dans un rêve.* Elle était comme ivre. Après un bref silence, elle s'arrêta pour lui dire :

— Finiras-tu par l'écrire, ce livre ?

Il fut saisi par la question.

— Je ne sais pas.

Il devait avoir aux yeux d'Ana le visage d'un homme habitué à lutter dans la tempête. Son sang se glaça.

— Ce n'est pas un livre que j'écris, c'est quelque chose qui vient du ventre. C'est une source de bonheur. Une œuvre, peut-être.

La cabane, nichée dans les roseaux, était située près d'une roubine, non loin d'une pinède. Ana se dévêtit. Il la prit dans ses bras. Elle était aussi légère que le vent de la nuit.

— Tu es une fée, gémit-il entre deux baisers.

*

Le lendemain, ce fut l'*abrivado*[22].

À sa tête, enfermant les taureaux avec les autres gardians, chevauchait Lutz Matéos. Cette fois-là, on avait

22. Terme dérivé du verbe occitan *abrivar* (accélérer). Lorsque les cavaliers conduisent les taureaux, à l'entrée du village le manadier s'écrie *abriva !* (accélère !) pour créer plus de difficultés aux jeunes qui veulent faire échapper les taureaux. D'où *abrivado* (en occitan provençal ; *abrivada* en occitan languedocien).
Siméon J. (2013). *Dictionnaire de la course camarguaise*. Au Diable Vauvert.

remis en place le Plan de charrettes, comme autrefois, à l'époque où Jean, avec les garnements de son âge, se glissait sous les roues pour exciter le taureau qui soufflait sur la piste tandis que de jeunes gens suspendus aux platanes à l'aide de corde valsaient au-dessus des cornes de la bête.

La foule attendait que le mouvement annonçât le début des festivités. Ariane, qui découvrait le pays, disait que tout cela lui faisait penser à Minos qui, ayant refusé de sacrifier un taureau à Poséidon, vit le dieu inspirer à son épouse, Pasiphaé, la propre mère de l'Ariane du mythe, un amour contre nature pour l'animal. De l'accouplement de Pasiphaé et de la bête naquit le Minotaure…

Thésée.
Combien de nuits dénombrées
Sur l'île ensoleillée.
Premier appel de l'amour.
Ariane
Je suis fou de tes seins d'orage
Sur leurs feuilles les arbres portent ton nom.

Ici et là, les habitants montaient bruyamment sur les charrettes. Jean regardait autour de lui la foule heureuse qui attendait l'arrivée des taureaux. Ce roman qu'il avait ébauché en parlait. La vie, la mort. Le cahier ouvert. La lampe. *Une nuit, je t'ai imaginée. Tu portais une robe transparente que la lumière éclairait. Tu venais de loin. De la mer.*

Ariane se pendit à son cou.

Une robe de soie ?

— …

Les cris, les galopades. Ils se plaquèrent contre un platane. Matéos et les gardians encerclaient les taureaux. *L'abrivado* fut un succès. Aucune bête ne s'échappa.

Cette nuit-là, dans son sommeil, Jean rêva qu'un éclair monstrueux le poussait dans un fleuve en crue et le séparait à tout jamais d'Ariane.

*

Quand il n'allait pas travailler ses vignes, Martin peignait. C'était une scène de la fête. Un jeune homme courait dans le plan suivi par le taureau. Il s'élançait pour s'accrocher, visiblement, à une corde attachée à un platane.

Les travettes.

Les petits drapeaux de couleur.

Les teintes vives.

Froissements étouffés des feuilles.

Dans l'atelier du peintre, par les fenêtres ouvertes,

montait le long cri du martinet, bruissant de vitesse et d'amour.

— La peinture, déclara Martin à son fils qu'il avait entendu marcher à pas feutrés dans son dos, c'est le refuge de nos secrets, parfois c'est comme un cri que la vie ne peut comprendre… Tu ne penses pas ?

Martin posa son pinceau. Sur le bois du chevalet, la toile surprit Jean. La beauté se livrait au jeune homme dans un foudroiement de couleurs.

— Oui, murmura-t-il songeur, j'aime l'harmonie des blancs et la note orange, ton rouge vibre d'une intensité expressive.

L'œil du fils se promenait sur la toile du père à la recherche du rythme, de la musique.

— Ta peinture a quelque chose de Klee, elle revendique le droit au rêve.

Martin pensa que son fils s'empêtrait toujours dans les mots.

Le plaisir des yeux.

Le glissement de la lumière.

Le cri du vent.

Le mouvement, la fusion du ciel et de la terre : Martin connaissait l'intérêt de son fils pour l'art et plus particulièrement pour l'œuvre de Vincent Bioulès. *Le salut par la peinture est dans la solitude*, affirmait-il en citant le peintre.

Chapitre XII

L'île aux roseaux

Jean était revenu dans son pays natal. Il était heureux de retrouver les lieux de son enfance. Il écoutait le vent chuchoter dans son cou. Dans ce roman qu'il écrivait, il se plaisait à parler de la vigne tel un poète paysan, mais aussi des vendanges, de la main des vieux habile à cueillir le raisin, des chemins, des murettes de pierres sèches… Mais ce temps-là n'était plus.

Matéos, quand il le rencontrait, semblait lui dire de ses yeux noirs : *Fuis, abandonne Ariane !*

Jean sentait que son amour pour la jeune femme lui échappait. Il n'était venu ici que pour la perdre. Pour qu'elle s'enlisât dans la tourbe de ce marais avec son complice, ce dieu de la ripaille et des débordements de l'amour. Ce fou du vin qui faisait chanter des étoiles de plaisir dans la gorge des femmes. Quand il n'était pas dans sa cabane ou avec les taureaux, Lutz Matéos écumait les bistrots où il chantait la gloire du vin. Et, la nuit, il comblait les femmes qu'il avait séduites.

Les yeux du gardian étaient deux flammes sombres dont les caresses violentes attiraient plus d'une épouse. Au seul sourire de Matéos, elles frissonnaient de plaisir. Dès lors, il pouvait les prendre dans ses rets.

*

Le vent fouetta le visage de Jean.

— Ton regard, murmura Ana. Il s'arrêta. Son corps. L'étrange mélange de son accent, son rire de femme enfant.

— Partout où tu iras, j'irai.

Jean ferma les yeux.

— Non, ne les ouvre pas encore. Pas encore.

L'étoffe de sa robe l'effleura.

— Tu te souviens de moi ?

Ses cheveux noirs, brillants, la courbe de ses épaules. La souplesse de sa démarche. Sa poitrine dure. Ses joues de pêche.

— Pourquoi me suis-tu ?

— Je te l'ai dit : la façon que tu as de bouger ton corps, ton allure, quand tu marches tu n'es pas comme les autres.

L'ombre d'Ana se répandait devant lui. Jean eût aimé l'entendre rire, mais avant qu'il eût fait un pas, elle s'enfuyait. Ses cheveux étaient parfumés par l'odeur de l'été.

*

Ariane poussait Jean à fuir la solitude chère au poète comme la fille de Minos avait sauvé Thésée afin qu'il ne s'égarât pas dans les couloirs sinueux du labyrinthe et qu'il tuât le Minotaure.

La jeune femme sentait bien que Jean l'abandonnait à Matéos, mais elle n'en percevait pas explicitement les mobiles. Matéos, quant à lui, lui faisait une cour assidue.

Il devenait de plus en plus pressant. Un matin d'août, il l'invita à une longue promenade à cheval. Ils déjeunèrent sur l'île aux roseaux où il avait une cabane qu'il utilisait pour ses rendez-vous de chasse et ses rendez-vous galants.

Dans l'après-midi, Ariane, assoupie sous un pin, fut enlacée par le solide cavalier. Bien qu'elle lui résistât, en quelques minutes, le gardian eut tôt fait de la fléchir. Le fêtard avait du charme et sa bouche le goût du raisin. Il releva la robe de la jeune femme sur ses reins et creusa de sa lourde verge la fourche de ses cuisses.

Ariane était prise au point qu'elle se sentit brusquement dénudée et traversée par l'étreinte torride du gardian.

Elle était soulevée vers le ciel comme un grand miroir sous les caresses du soleil. Lorsqu'ils achevèrent de s'aimer, la nuit tombait sur l'île aux roseaux.

Ariane avait atteint une sorte de plénitude. Pourtant, elle ne pouvait s'empêcher de penser que Matéos l'avait souillée de sa démence noire, de son ombre fracassante.

— Tu es le ciel, disait-il, et tu es la terre.

La voix du gardian était tendre, elle semblait venir du plus profond de sa mémoire.

— Ma mère, la lumière, ajouta-t-il mystérieusement, m'appelle *Puissant Taureau.*

— Tu es un fougueux animal en tous les cas, gardian, et tu as jailli en moi comme le vin qui bouillonne dans la cuve. Pose ta main sur mon sein. Tu sens ? Mon cœur bat la *ciamada*[23] !

*

Un matin au Grau-du-Roi, dans le petit appartement qu'ils avaient loué pour leurs vacances, Jean se réveilla

23. Chamade (piémontais).

la tête lourde. Il lui avait semblé entendre le hennissement d'un cheval. Puis une galopade. Ariane n'était plus à ses côtés. Elle avait laissé sur la table de nuit un bouquet de tulipes dont la plus belle était couleur de feu. La plus inquiétante était noire et luisait comme un grillon. Jean comprit. Le jeune homme passa une main dans ses cheveux, puis il alluma une cigarette. Le soleil, tel un *cadèl*[24], s'ébrouait dans la pièce. Il s'approcha de la fenêtre. L'air frais du matin lui fit du bien. Une colombe roucoulait dans un pin près de l'immeuble. Il pensa avec nostalgie à son enfance. Tout jeune, il allait avec Martin à la vigne du Juge fleuron du domaine La Croix Saint-Aimé. Tandis que son père travaillait, Jean courait au ruisseau afin de l'entendre chanter. Il s'allongeait sur l'herbe. Il contemplait les hautes cimes des pins dans le ciel bleu. C'était le temps heureux de l'enfance. Il imaginait des pays fabuleux. Parfois, fouillant le feuillage des yeux, il entendait le rire perlé d'un oiseau. Quelquefois, s'il faisait beau, Mathieu et Anaïs, accompagnés de Jeanne, les rejoignaient. Jeanne s'installait à l'ombre et les laissait jouer. Si elle entendait le chant de la colombe, Anaïs se blottissait contre ses frères.

— Qu'est-ce que c'est ?

24. Jeune chien (Occitan).

Jean levait les mains au ciel. Il inventait toujours une histoire.

— C'est le chant de *l'Aucèla*[25], disait-il, elle nous raconte sa vie… L'été, l'oiselle cherche l'oiseau.

Les images qui montaient de son passé lui martelaient les tempes. Comme à Paris, il avait besoin de ses vagabondages. Mais ici, au cœur de la nature méditerranéenne, ce n'était pas la même chose. Chaque brin d'herbe le connaissait. Le vent lui était familier, c'était un compagnon de route. Les cailloux roulaient sous ses pas.

*

Il sortit de l'appartement. Il marcha. Il cueillit une branchette de fenouil qu'il porta à sa bouche. Le goût de l'anis lui fit du bien. Où était Ariane ? Elle lui avait offert un bouquet de tulipes, signe évident de son attachement et de son proche départ. Peu à peu l'idée d'être séparé d'Ariane faisait son chemin dans les pensées de Jean. Était-il revenu dans son pays pour la perdre une nouvelle fois ? Un jour *d'abrivado,* tandis que Jean, assis à la terrasse d'un bistrot, observait la foule venue applaudir l'arrivée des taureaux conduits par des gar-

25. Oiselle (occitan).

dians à cheval, Ariane, cheveux au vent, réapparut, les yeux brillants, le teint rose, la démarche souple. Elle était, plus que jamais, féline, vivante, brûlante. Jean en eut un coup au cœur. Elle vint s'asseoir à sa table alors que, fébrilement, il allumait une cigarette. Il ne savait trop comment entamer la conversation. La colère montait en lui. Il finit par balbutier :

— Où étais-tu passée ?

Elle bougea sur sa chaise.

— J'étais avec Matéos.

Jean tira une bouffée de sa cigarette. *Après tout*, pensa-t-il, *c'est une femme libre, elle ne me doit rien, nous n'avons pris aucun engagement l'un envers l'autre.* Il entendit dans sa tête la voix de Lutz. *Abandonne Ariane ! Quand je la toucherai, ce sera avec mes lèvres, tu ne sauras pas quand ni où !*

La foule applaudit les employés de la manade. Jean grimaça. Il aurait voulu mettre Ariane en garde. Mais il comprit bien vite qu'elle désirait plus que tout vivre dans le marais avec ce dieu de ripaille et de passion qu'était Matéos, cavalier de l'étrange qui faisait cymbaliser les cigales et enivrait les femmes d'amour. Fort de son énergie bouillonnante, la nuit venue, avec une élégance sauvage, il donnait du plaisir. Ses yeux noirs ne s'assoupissaient jamais. Il satisfaisait les épouses qui s'évertuaient à le retenir dans leur lit. Plus d'une fois, face à un mari jaloux, il ne dut son salut qu'à la fuite.

*

Ce jour-là, Jean ne revint pas à l'appartement. Il prit la route des mas et s'enfonça dans le marais. Il stoppa sa voiture non loin de la Tour. Ana travaillait dans son atelier. Elle pétrissait une boule de glaise afin de façonner un Busard des roseaux destiné à sa prochaine exposition. Tandis qu'elle s'absorbait dans sa recherche, il s'allongea sur l'herbe à l'ombre d'un olivier. La chaleur était accablante. Au bout de quelques minutes, elle vint lui montrer son ébauche. Elle la posa à ses pieds. « Le plus difficile, dit-elle, c'est la position de la tête avec sa calotte ! » Elle mima un pas de danse. Puis elle s'allongea à ses côtés. La soie de son chemisier effleura le jeune homme. Ses cheveux dénoués tombèrent sur la courbe de ses épaules. Son ombre se répandit sur lui. Ses cheveux étaient parfumés par l'odeur de l'été. Entourant le mas, les Corbières possédaient un petit domaine cultivé par Bertomieu, le père d'Ana. Il faisait appel à des journaliers la plupart du temps pour l'aider dans sa tâche. C'était un homme simple et affable qui accomplissait les quatre volontés de sa fille. La mère d'Ana, Elena, était plus jeune que Bertomieu. Ils s'étaient connus à l'âge de dix-huit ans et ne s'étaient plus quittés. En plus de la vigne, Bertomieu et Elena cultivaient des légumes qu'ils vendaient le dimanche sur le marché de Lunel.

Ana était très attachée au mas. Elle affirmait que l'air y était enchanteur, que les araignées ne piquaient pas, que les oiseaux avaient un chant plus mélodieux que dans la campagne alentour. Le nez au vent, elle humait l'odeur de la mer. Le soleil dorait à perte de vue le paysage. Quand le soir arrivait, que le mistral fraîchissait, elle parlait aux oiseaux. Le jour lançait un dernier appel.

Chapitre XIII
La mort du père

Anaïs fumait cigarette sur cigarette. En général, Jean était à l'heure au rendez-vous. Mais que fichait donc son frère ? Elle alla se baigner puis revint s'allonger sur sa serviette. Elle ouvrit le polar qu'elle avait emporté, mais elle ne pouvait fixer ses pensées. Quelque chose la tracassait. Qu'avait-il à lui dire de si important qui ne souffrît pas d'attendre un jour ou deux ?

Elle fit des hypothèses. Il était en bonne santé, son métier de libraire le passionnait. Alors ? Des soucis d'argent ? Non, ce n'était pas le genre de son frère. Ariane ?

Peut-être était-elle enceinte… et elle ne voulait pas garder le bébé. Mais alors, pourquoi en parler avec elle ? Une rupture ? Jean ne savait pas comment annoncer cela aux parents et… il venait lui demander son avis !

Possible, mais pas certain. Elle avait vu plusieurs fois Ariane avec ce gardian de pacotille qui se prenait pour Dionysos et courait après tous les jupons du pays, mais de là à penser que…

Que foutait-il, Bon Dieu ! Elle eût aimé se glisser à l'ombre d'un parasol. Elle avait soif et rien à boire. Pas un seul marchand ambulant sur la plage. La Grande-Motte étirait ses pyramides dans le ciel bleu. Anaïs décida de rentrer. Jean était sans doute en train de parler avec Martin tout en buvant le pastis sous la tonnelle du jardin. Mais il n'était pas avec ses parents. Et personne qui pût dire où il se trouvait.

Ce n'était pas son genre de laisser son père et sa mère sans un appel téléphonique qui les eût rassurés. Au bout de quarante-huit heures, sans nouvelle de Jean, Martin téléphona à la gendarmerie. Ariane, elle-même, était perplexe. Pressentait-elle qu'il était en train de l'abandonner dans les bras du gardian ? Lui en voulait-il au point de disparaître sans l'informer de sa lubie ?

Matéos, certes, l'attirait. Son étrangeté, le masque qu'il portait pour la fête, dieu au trident tourmenté par la vigne, l'excitait. Mais Lutz Matéos n'était que cela pour elle, un cavalier fou, un escroc d'amour, un jouisseur dans l'âme. Revenue dans l'appartement qu'ils avaient loué, face à la mer, elle était atterrée. Elle resta de longues heures, muette, regardant ses mains, déconcertée, pensant à tout et ne pensant à rien.

Elle fouilla dans les affaires de Jean, à la recherche du moindre indice. La chaleur venait jusqu'à elle, nue dans une longue robe transparente. Elle murmura : « Jean, Jean, j'ai besoin de toi… » Mais elle n'entendit que le rire d'une jeune femme qui montait de la rue.

« Comment était-il habillé ? » avait demandé le gendarme. Sandalettes, pantalon de toile, chemise à fleurs bleues.

Oui, il portait des lunettes de soleil. Oui, il était beau gosse, toujours un peu distrait. Sa taille ? Un mètre quatre-vingt-un… Couleur de cheveux ? Châtains clairs… Yeux ? Verts… Une marque significative, par exemple une tache de vin… ? Non, pas de tâche, mais sous l'oreille gauche une cicatrice.

*

Ariane acquiesça simplement de la tête. Cette paysanne avait des allures de voleuse de poules. Elle ne put s'empêcher pourtant de la trouver jolie. Ses cheveux noirs, brillants. Son visage parfait, son cou gracile.

Elle l'écouta, immobile.

Elle savait par avance ce que la sauvageonne du marais allait lui dire.

— Je me nomme Ana Corbières et j'habite le mas de la Tour. Pouvez-vous donner cette lettre aux parents de Jean ?

Elle fixa Ariane d'un regard sombre.

— Oui, n'ayez aucune crainte, je le ferai.

Ariane s'empara du billet.

— Mais ne revenez plus jamais me voir !

Ana acquiesça.

En arrivant chez les Estrine, Ariane trouva toute la famille en proie à la plus vive inquiétude. Mathieu était accouru dès l'appel de Jeanne. Anaïs était au chevet de Martin.

— Mon père vient d'avoir un malaise, déclara Mathieu à Ariane. Elle fit oui de la tête, pivota, marcha vers la porte comme hébétée par cette nouvelle. La main sur la poignée, elle hésita une seconde.

— J'ai une lettre pour lui... de la part de Jean.

Elle tendit au jeune homme une enveloppe dans laquelle se trouvait une feuille pliée en quatre.

— Merci, déclara Mathieu.

Et il entra dans la chambre où reposait son père.

*

Martin écoutait son cœur battre. Les lambeaux de son rêve lui revenaient en mémoire. Il était sur le quai, il attendait le retour de Jean. La voix venait de la mer. Était-ce le bruit des vagues ?

Elle chuchotait : *Il sera victorieux. Il t'annoncera qu'il est en vie en hissant les voiles blanches.*

Des enfants chantaient sur la plage. Martin croyait comprendre que les gosses aussi attendaient Jean, parti sur une île combattre le monstre qui aimait la chair enfantine.

Mathieu lui tendit la lettre.

— Papa, Jean t'a écrit.

Martin ouvrit l'enveloppe, mais sa vue se brouilla. Il ferma les yeux. À ses côtés, la foule était rassemblée. Et, brusquement, surgissant à l'horizon, le vaisseau apparut. Il naviguait avec des voiles noires.

— Mon Dieu, s'entendit-il gémir, mon fils a péri…

Martin sentit brusquement que la vie l'abandonnait. Il poussa un cri. Sa tête retomba sur l'oreiller. Quand Mathieu prit la main de Martin pour la serrer dans la sienne, il comprit que son père venait de quitter ce monde.

Jeanne fut comme égarée. La mort de Martin, si brutale, laissait l'épouse sans voix.

Elle était debout, au pied du lit, soutenue par Anaïs.

— Mon Dieu, s'écria-t-elle, et Jean qui est introuvable !

*

Jean n'arriva qu'à la nuit tombée. Il n'était pas rasé. Il se jeta en sanglotant dans les bras de sa mère. Martin avait lavé et coiffé. Au-dessus du lit brillait un crucifix d'argent. On ne put savoir qui avait informé Jean de la mort de son père ni où il était durant tout le temps où on l'avait cherché.

Ariane n'était pas avec lui.

Mathieu regardait son frère. Il n'osait pas lui demander pour quelle raison il avait écrit à Martin.

— Cette lettre... déclara Jeanne comme si elle devinait les pensées de Mathieu, il n'a pas pu la lire...

Jean prit l'enveloppe et la fourra dans sa poche.

Il y eut un silence. Puis Jeanne parla.

— J'ai vu le curé Miège. On l'enterrera lundi.

Elle avait une belle voix profonde qui vibrait d'émotion contenue. Le jour de l'enterrement, un fort vent du nord soufflait sur tout le pays. Jeanne s'avança au bras d'Anaïs. Le serrement de mains à l'église était-il vraiment nécessaire ?

— Oui, gémit Jeanne, nous ne pouvons l'éviter.

Les larmes coulaient sur les joues de la sœur de Jean. Elle avait l'impression de ne rien voir. Parfois quelqu'un se penchait et l'embrassait.

— Merci, merci, chuchotait-elle.

Elle aurait voulu se lover dans les bras de Jean ou de Mathieu, ne plus rien voir, se lâcher, sangloter. Papa. Le mot montait dans sa gorge, encore chargé de soleil et de lumière. La douleur l'enserrait dans un étau, ses jambes tremblaient, un froid glacial l'envahissait.

— Merci, merci.

Enfin, ils furent seuls et allèrent au cimetière. Leurs pas crissaient sur le gravier, de grands oiseaux bleus tanguaient dans le ciel. Anaïs s'approcha de Jean. Il la serra affectueusement contre lui.

— Reste avec moi, je t'en prie.

Elle prit son bras. Les derniers jours qu'ils avaient vécus étaient horribles.

— Tu te souviens quand, petits, nous allions nous baigner avec papa ?

— Il n'y avait rien d'aussi beau au monde.

Ils s'enfoncèrent dans les rues, fantômes égarés que le soir rendait plus mélancoliques encore. Les habitants s'affairaient à leurs tâches. Parfois on les saluait discrètement.

Ensemble, ils avaient l'impression que la douleur de la mort du père s'atténuait. L'été, à son apogée, commençait à décliner.

— Quand j'étais petite, dit Anaïs, papa me conduisait souvent au jardin de la Fontaine, à Nîmes.

Ils gravissaient la colline par un étroit chemin. Dès qu'ils sortaient des arbres, ils se trouvaient au pied de la Tour Magne. Nîmes s'étendait dans le soleil telle une grappe sur sa souche enrobée d'or. Des oiseaux pépiaient, des chiens aboyaient, des touristes japonais se prenaient en photo. Autour d'eux, ils sentaient comme une présence invisible.

— *Nemausus*, murmura Jean qui pensait à la ville du XVIIe siècle, florissante, enrichie par l'industrie de la soie. Huguenote, la cité gardoise l'était jusque dans ses entrailles. Elle portait en elle sa noblesse camisarde, secrète comme le rouge de l'azalée.

— Le mot que j'ai écrit à papa, c'était pour lui dire que je restais au pays…

— Que tu restais ?

— Oui.

— À cause d'Ariane ?

— Quelque chose de confus en moi me souffle qu'elle va vers Lutz. Moi, malgré ma tristesse, il faut que je continue ma route, ici et pas ailleurs. Matéos vient de surgir : le destin d'Ariane est fixé.

Anaïs se dit qu'elle ne pleurerait pas. Elle prit la main de Jean.

— Mais toi ? Tu penses trouver du travail ? demanda-t-elle à son frère. Tu reprendrais les vignes ?

— Je ne sais pas encore.

Bien qu'elle cherchât un nuage dans le ciel, Anaïs ne trouva rien qui pût attirer son regard.

Elle ferma les yeux. Puis se leva.

— Viens, dit-elle à Jean, pressons le pas, je suis fatiguée.

*

Jean roulait en direction du fleuve. Il n'avait pas revu Ariane. Il lui avait écrit une lettre. Une lettre d'amour. Une de ces lettres qui résument le monde. Mais qu'importait. Ariane l'oublierait vite. Il était un grain de sable et rien d'autre sur cette terre. Ariane devait avoir trouvé refuge dans cette île où l'attendait Matéos.

Elle qui l'avait aidé dans sa quête et avait ouvert l'eau profonde de son âme, lui parlait à l'oreille : « Je te garde en moi, je veux te regarder à jamais mon amour, mon bien-aimé. »

Chapitre XIV
Matéos

Quand l'orage éclata, Ariane courait vers la cabane de sagne. Dans le pré, un taureau blanc meuglait. La pluie redoubla brusquement. La jeune femme ne voyait rien. Seulement un rideau scintillant, seulement ce ciel noir, en colère, qui lui adressait ses flèches acérées.

Je baiserai tes lèvres je danserai dans tes yeux, lui disait la voix. Elle appela Jean à la rescousse, mais seul le vent lui répondit. Son cœur lui faisait mal. L'île ressemblait à un immense étang d'où, seule, sur un monticule à quelques centaines de mètres de là, émergeait l'habitation du gardian.

Peu à peu, il lui sembla que l'eau reprenait sa place, que le temps n'était plus celui d'aujourd'hui, que la nature elle-même se vengeait du mépris des hommes. Elle buta sur une touffe de salicorne, tomba une première fois dans l'eau du *clair*, se redressa.

Je baiserai tes lèvres et danserai dans tes yeux ! Je te garde en moi à tout jamais mon amour, mon bien-aimé.

Pourquoi Jean l'avait-il abandonnée dans les bras de cet homme étrange, qui paraissait indifférent à tout, qui n'avait qu'une hâte : celle de satisfaire son désir.

À la tombée de la nuit, il reviendrait sur son cheval de feu, Dionysos aviné par l'ardeur du vin, récitant des poèmes d'un autre monde, d'un autre temps. Puis il l'empoignerait et la pénétrerait de son phallus brûlant. Les yeux fermés, le ventre endolori, elle s'endormirait ensuite tout habillée.

La pluie frappait son visage à coups redoublés. Elle s'enfonça dans la vase. Elle cria, se débattit. L'eau la cernait de toutes parts. Dans un dernier sursaut, elle réussit à s'accrocher à une branche de tamaris.

Le jour déclinait lorsque Lutz Matéos arriva au galop sur L'île aux roseaux. Il aperçut ses bêtes, noires, sur la barre rouge du couchant. Un butor dans le lointain appelait sa femelle. Des aigrettes pataugeaient dans les roselières. La rousserolle lança son cri de scie. L'orage avait lavé le ciel et basculé les nuages sur le Rhône. Le vent venait de tourner au nord. Il faisait frisquet pour un soir d'été.

Il apportait dans sa selle du vin, de la viande et du pain, de quoi cuisiner un repas qu'Ariane amoureuse du crépuscule apprécierait à sa juste valeur.

Le soleil se couchait.

Matéos attacha son cheval, ouvrit la porte de la cabane. Ariane n'était pas là. D'abord, Matéos pensa qu'elle se promenait. *Elle va surgir, souple comme une biche, les bras remplis de fleurs.* Mais au bout de quelques minutes, le gardian commença à s'inquiéter.

Il cria :

« Ariane ! Montre-toi ! Je vais préparer le repas ! »

Il entra dans la cabane, tambourina sur la poêle, saisit la bouteille d'huile d'olive. « Ariane ! » cria-t-il encore de toutes ses forces par la fenêtre.

Mais Ariane ne répondit pas.

« Ouvre les yeux, mon bien-aimé je suis là devant toi et nul ne pourra effacer cet instant. »

À l'horizon, le soleil s'enfonçait peu à peu dans l'étang. Matéos jeta la poêle sur la table et sortit. S'il attendait encore, il ne pourrait retrouver les traces d'Ariane.

De nombreux sables mouvants parsemaient l'île. Le gardian chaussa ses bottes et s'enfonça dans la sansouïre. Heureusement, la nuit était claire et la lune s'éveillait dans le ciel.

Derrière une haute touffe de roseaux, Matéos buta sur un obstacle. C'était un corps. Il se pencha, le retourna sur le dos.

« Ariane ! Ariane ! »

Il secoua rageusement la jeune femme. Une veine bleue traçait un long sillon sur sa tempe. Matéos la prit dans ses bras.

Revenu à la cabane, le gardian alluma un feu. Il était comme fou. Il ouvrit une bouteille de vin et but. Bientôt, il tressa une couronne de roseaux dont il coiffa Ariane.

— Devant Dieu et les hommes, je t'épouse, Ariane.

Il bougonna :

— Tu es mon émeraude, ma constellation.

Ariane respirait encore. Elle cracha un peu d'eau se retourna, murmura :

— J'ai froid.

Matéos la déshabilla, la frictionna vigoureusement, alla dans la chambre, en revint avec une couverture dont il l'habilla.

Chapitre XV
La terre

Jean avait mûri sa décision. Il écrivit au cousin Cadeuze de se trouver un autre commis. Il travaillerait les terres que son père avait laissées et, comme sa mère était maintenant seule, il habiterait la vieille demeure des vignerons qui était la leur. Des vignes, des oliviers, des arbres fruitiers. La terre à pleines mains. Un domaine à gérer : La Croix Saint-Aimé. Pour Jean une nouvelle vie commençait. Mais arriverait-il à vivre de son travail ? Ces temps derniers, il n'était pas rare que le mécontentement des viticulteurs s'exprimât avec violence : lignes de chemin de fer bloquées, rails arrachés, wagons transportant du vin algérien renversés sur le ballast. Une nouvelle génération de dirigeants voyait le jour. Souvent les manifestations en ville dégénéraient : vitrines de magasin brisées, gares saccagées, voitures en feu.

*

Ana cueillit le raisin d'une main vive. Jean aimait ses rondeurs, ses hanches, ses bras coulants à la chair brunie de soleil, ses seins qui respiraient sous le chemisier au rythme de la cueillette, petits et durs, ses cuisses fines et longues. Il sentait encore l'empreinte des mains de la jeune femme sur son visage, ses doigts pianotant sur sa bouche en douceur.

Ah ! Poser le front sur son épaule, sentir ses effluves, se fondre dans son regard comme la braise du matin ! Le raisin était de bonne qualité. Depuis qu'il gérait le domaine familial, les récoltes étaient abondantes et le prix du vin avait augmenté. Dans cette maison où des générations de vignerons s'étaient succédé, il se sentait à l'aise.

Sa mère avait été emportée quelques années après son père par une mauvaise grippe. Anaïs et Mathieu vivaient leurs vies de leur côté. On se voyait une ou deux fois l'an, en moyenne, soit à Noël soit aux grandes vacances. Il rencontrait quelquefois Ariane. Matéos buvait de plus en plus, divaguant sur la lande au clair de lune, tenant dans les bistrots de la ville des propos incohérents.

Jean écrivait peu, il n'avait pas le temps. Il se consacrait à la terre, rêvait de donner au domaine sa luxuriance d'autrefois quand Romain Foulquier de Cadole, son arrière-grand-père, était l'homme le plus riche de la ville.

Ce n'était pas l'argent qui motivait Jean, mais l'amour de la vigne et le bonheur de faire le vin. L'odeur exquise du moût, le soufre des mèches que l'on allumait pour les mettre dans les futailles, lui donnaient un plaisir ineffable.

Et puis le cheval, la charrette et le travail au point du jour quand la nuit s'efface lentement et que l'on ne voit pas le bord du chemin. Oh ! Il le savait bien, il y avait déjà des tracteurs pour labourer, pour tirer le tombereau, pour sulfater… Demain, on trouverait bien des machines pour vendanger dans la plus grande des solitudes, alors que la cueillette du raisin s'effectuait encore dans la joie et les cris de la jeunesse. Mais il persistait, Jean, dans sa lutte, comme son père l'avait menée avant lui en épousant une Foulquier de Cadole et en assumant la charge du domaine. Il serait peut-être le dernier de la lignée à cultiver les vignes. Et même s'il devait se résoudre, à la mort du cheval, à acheter un tracteur, il sauverait le domaine de l'anéantissement.

Car ne parlait-on pas de construire un périphérique autour de la petite cité et de tracer une route qui relierait Gallargues à la mer ? Tout cela le minait le soir lorsqu'il rentrait du travail. Le Bas Pays qui avait résisté au phylloxéra, aux gelées de 1956, au court-noué pendant la guerre, allait-il céder sous le poids des déclarations du général de Gaulle qui voulait construire une cité sur la côte destinée à développer le tourisme social ? Que les touristes aillent donc en Espagne !

Il enrageait. Mais, bon Dieu, une route ! Avec tout ce que cela voulait dire en matière de pollution, de dégâts par rapport à la flore et à la faune ! Et pourquoi pas des planches à voile sur l'étang de l'Or !

Chapitre XVI
Le miroir

Le geste de Jean s'anima lentement. Son bras décrivit un arc de cercle, s'évasa. Il était debout sous le portail, habité par la clarté naissante du jour. Il leva la tête. Le champ était noyé de brume.

Des années s'étaient écoulées depuis cet été où il avait fait connaître le Bas Pays à Ariane, où il l'avait *abandonnée* à Matéos. Il avait vieilli. Il n'avait pas vu le temps passer. Pour lui seul, dans la demi-obscurité, il murmura : « La vie recommence toujours. Chaque visage possède son propre miroir où il se regarde vieillir. » Un court instant, l'émotion le suffoqua. À son âge, l'existence était une vieille complice. Mais demain, peut-être, l'abandonnera-t-elle, foudroyé sur la terre gelée, sa houe à la lame longue et étroite dans la main. Elle s'en ira, la vie, ailleurs, dans les yeux des amoureux, dans le rire de l'enfant ! Pour l'heure, le vent qui pouvait lui parler d'espérance et de paix ne se levait pas.

Jean plongea ses mains dans le sac, les offrit ensuite, chargées de grains, à la lumière du jour. Puis il s'immobilisa. Son geste troubla à peine le silence.

Maintenant, ses lèvres laissaient passer un souffle profond. Alors il y eut, dans le mouvement de ses bras, une soudaine cassure. L'arc de cercle, aérien et léger, se brisa. À peine si ses mains noueuses, tavelées de taches de rousseur, se mirent à trembler. Les grains un à un s'écoulaient dans le sac. Il se déplaça d'une dizaine de pas, s'agenouilla. Penserait-on, si on le surprenait, qu'il radotait, alors qu'il ne faisait que parler à la terre ? Dans le silence, au bord du champ enveloppé de brume, il était comme un être à part entouré d'ancêtres inconnus. Qu'attendait-il au juste ? Peut-être le poids d'une de leurs mains sur son épaule et de s'entendre dire : *Jean, ne crains rien, nous sommes près de toi.*

Ce matin-là, Jean se souvenait avec bonheur de son enfance. Il retrouvait le goût, âpre et juteux, des pêches de vigne que ses parents mêlaient, dénoyautées et pelées, aux raisins dans la cuve.

Le moût laissait alors échapper une odeur sucrée et suave qui enivrait la maison. La fermentation du vin excitait son père. La vendange était rentrée et Martin allait pouvoir souffler un peu.

Après le certificat d'études, comme si cela avait été décidé de toute éternité, Jean avait commencé à travailler avec son père. Puis il était monté à Paris chez le cousin Cadeuze qui tenait la librairie *Le soleil d'or*. Durant toute sa vie, il n'avait jamais oublié cette terre où il était né.

À vrai dire, dans ses pensées, il n'avait même jamais quitté la vieille bâtisse. Cette maison était l'une des plus anciennes de la commune. Peut-être serait-il le dernier de sa lignée à l'habiter ?

Pour une raison ou pour une autre, chaque matin, Jean se promenait dans le dédale des rues. Coiffé de son *petit bord*, il marchait difficilement. Il pestait souvent contre la vieillesse : « Misère de vie ! » Des mots d'homme âgé. Des mots qui l'incitaient à la sagesse. De ce côté-ci du trottoir se dressaient la boulangerie et le point presse où il achetait son journal. Il percevait autour de lui un silence curieux, blanchi d'aube qui ne le quittait pas. Quand il se mettait en mouvement, il se sentait mieux. Un pas après l'autre. Sa canne heurtait le trottoir. Le ciel tanguait dans sa tête. Lorsqu'il arriva au bistrot ce jour-là, il toussota comme s'il revenait de loin, d'une longue promenade, du palus ou de la garrigue aux collines arides. Les habitués étaient groupés autour du bar. Il salua la compagnie d'un geste qu'il avait apprivoisé avec le temps.

Un geste qui semblait vouloir dire : *Voilà, d'ici vous ne voyez pas la terre mais, moi, je vous l'apporte.*

Il sifflota.

— Pas malheureux de vous trouver tous là, coincés comme des rats !

Les habitués ne prêtaient plus attention aux propos du vieillard. La neige tombait en avalanche de sa chevelure. Il ôta son chapeau, s'assit près de la fenêtre, commanda un café. Il déroula le journal et commença à lire. Dehors, le vent froid venu de la montagne glaçait l'angle des rues. Si la nuit était trop claire, à coup sûr, il gèlerait.

— Merci, Suzanne, grogna-t-il à la patronne qui déposa la tasse sur la table.

Il but le café, brûlant, à petites gorgées. Ici, tout était simple. Les habitués aimaient ce lieu où personne ne leur demandait jamais rien. Il était heureux d'être leur complice. Quand il revint chez lui, il croisa un enfant qui pleurait, sa bicyclette à la main. Jean se pencha, toucha le guidon de sa canne.

— Allons, petit, sèche vite ces larmes… Qu'est-ce qui t'arrive ?

— Je me suis perdu, monsieur, et avec la nuit, je ne sais plus où je suis…

— Et où habites-tu, gros nigaud ?

— À l'ancienne hostellerie, monsieur…

— Alors viens.

Jean, suivi de l'enfant, s'enfonça dans la nuit. Au bout de cinq minutes, sous les flots noirs du ciel, il déclara :

— Voilà, *pichounet*, tu es arrivé. Qu'est-ce que tu en dis ?

— Oui, monsieur, je me reconnais. Merci !

Le vent qui se levait accrocha un pan du manteau de Jean. Quand il fut chez lui, il ferma soigneusement les volets de sa maison. Le mugissement des arbres semblait la protéger du froid.

Il pressa le bouton d'électricité qui éclaira la cuisine. Ses voisins pensaient de lui que c'était un homme étrange. Peut-être parce qu'il vivait seul, maintenant ?

La vieille demeure résonna sous ses pas. Il se recroquevilla un peu plus tandis que le souvenir d'Ana s'accrochait a lui. Ana… Dans la pinède du mas de la Tour, elle avait entendu le chant flûté de la colombe. Un jour, elle avait parlé à Jean de ses étranges notes mélodieuses émises par un être ou par un oiseau. Elle s'était arrêtée, s'était cachée derrière un buisson. Elle avait guetté. Sa curiosité était piquée au vif. Puis le cri s'était fait plus lointain. Elle avait fini par s'asseoir sous un arbre dans une sorte de petite carrière. Elle avait dit à Jean : « C'est à ce moment-là que la femme oiseau m'a parlé. Mais tout s'est brouillé dans ma tête quand elle a émis des notes basses à intervalles réguliers. »

Il la revit, élégante et longue, enceinte de huit mois, le ventre rond. Elle allait souvent dans la pinède pour écouter le chant de la femme oiseau. Pour Ana, la voix qu'elle entendait était celle d'une âme errante. Un matin, elle offrit à Jean une sculpture qui était toujours sur le buffet de la cuisine, représentant douze petits chardonnerets. Elle avait posé sur le sol de l'ouvrage une couronne d'épines où l'on voyait des taches de sang. « C'est le sang de Jésus ! » avait-elle soufflé à Jean. Elle avait peint les chardonnerets et placé au centre un enfant blond, aux longs cheveux, en train de jouer. Elle avait expliqué à son compagnon que la femme oiseau lui parlait souvent de ses sculptures. Pour cet Enfant Jésus, elle avait gémi dans sa tête *que c'est beau !*

Puis elle avait encore susurré à l'oreille de la jeune femme : « L'Enfant Jésus durant sa fuite en Égypte pétrissait des oiseaux en terre et leur donnait la vie en leur soufflant dessus. »

Jean pensait au chardon épineux dont se nourrit le chardonneret. La légende voulait qu'on évoque à cet endroit la Couronne du Christ et le sang versé à propos de la tête de l'oiseau.

Ce matin-là, elle portait un chemisier à fleurs. Elle *s'encagnardait*[26] au coin du feu. À midi, elle partit voir

26. De l'occitan *encanhardar* : paresser, rêvasser.

sa mère qui, depuis le décès de son père, vivait seule au mas de la Tour. Elle traversa la cour où s'entassaient charrettes et charrues.

Jean écoutait battre le cœur de la vieille maison. Tout ce passé s'accrochait à sa vie. Il s'assit près de l'âtre et crut entendre Jeanne chuchoter dans la nuit. *Mais, mon petit, elle t'a noyé dans l'eau de ses yeux !*

Il sourit, bourra sa pipe et, dans le noir, craqua une allumette qui grésilla dans la chevelure de tabac blond. Il tira plusieurs bouffées. Tout cela était si loin, maintenant. Peut-être était-ce depuis ce moment-là, depuis cet échec singulier, qu'il se sentait coupable. Coupable de quoi ? De n'avoir pas prévu que ce regard de femme le conduirait au bord de l'abîme ? D'un geste, il se laissa porter par le souvenir de ses premières rencontres avec Ana. Il n'avait rien prémédité. Ses seins émouvants, ses épaules nues. Il lui avait parlé du vin, de ses ancêtres, de son royaume de vent. Elle avait approuvé en bougeant la tête. Après, il y avait eu le bel orage. Pendant qu'Ana criait, dans la vigne, le ventre nu, l'aine chaude et douce, le vent était tombé. Jean avait tendu la main, senti la pointe dure du sein d'Ana se détendre sous ses doigts. Puis il y avait eu les visites au mas de la Tour. Jean s'y était même réfugié tout un temps afin d'écrire son roman.

Quand Mélina naquit, Jean était à la vigne. Il mit plus d'une heure pour arriver. Une fille. Un moment de bonheur intense et fugace dans la vieille bâtisse. Mais Ana parlait toujours à la femme oiseau. Elle n'en finissait pas de promener le landau dans la pinède de la Tour, prétextant des visites à sa mère ou recueillant les confidences des chardonnerets. Après leur rupture, il avait tourné dans sa tête mille mots : c'était tout ce qui lui restait du monde après l'orage. Le jour de l'orage, d'un autre encore, dans le silence épais de la maison, quand il trouva le mot d'Ana, il sentit le malheur le prendre à la gorge. « Je m'en vais. Je vais habiter chez ma mère, à la Tour. Je pense que tu es néfaste à mon travail. Je te quitte. Je te dirai quand tu pourras voir la petite. »

Quand ? Il n'avait plus vu sa fille qu'en *coup de vent*, s'était lassé de réclamer. Quand il allait au mas de la Tour, Mélina était rarement là. Ana le regardait sévèrement : « Tu ne dois pas rester trop longtemps sinon je vais entendre la voix. » Mélina avait grandi. Il lui avait écrit des lettres. Sans réponse.

Pourtant, il ne douta jamais de l'amour de sa fille. Quand Joë, le petit bout de chou de Mélina, naquit, elle lui adressa un courrier. Quelques lignes laconiques sans aucune trace d'affection. Une information, un peu comme si, pour lui, le monde venait de changer. Puis les nuages fondirent dans le ciel et les saisons dansèrent dans les yeux du vigneron. Il agrandit le domaine familial, racheta les parts de son frère et de sa sœur. Un matin d'automne, un petit bout d'homme à la peau couleur de réglisse arriva dans la cour.

— Bonjour grand-père !

Jean nettoyait cornues et cuviers au jet d'eau. Le petit bout d'homme éclata de rire.

— Je suis Joë, ton petit-fils. Fais attention, tu t'arroses les pieds !

Jean se souvenait encore du rire de Joë. Il ferma le robinet d'un geste brusque. Cet enfant, mon Dieu, comme il était beau ! Il le prit dans ses bras et l'embrassa. Il voyait déjà la lumière au bout du tunnel.

*

Ce matin-là, le téléphone retentit. L'homme viendrait le photographier à midi. Jean demanda :

— Pour quoi faire ?

— Pour le journal, répondit son interlocuteur, mais aussi pour la vigne et votre participation aux luttes viticoles.

Ils vinrent à deux. La femme avec son calepin et l'homme avec son *X-700*. Elle posa des questions sur la maison.

— C'est une maison de vigneron, leur déclara Jean, vous voyez, là, c'était la cuve avec la *portaliera*[27]. Sui-

27. Fenêtre de cuve (occitan).

vez-moi, je vais vous montrer l'écurie. On montait à la grange à fourrage par une échelle.

Le photographe le mit en joue.

— Non, attendez. Ne bougez plus !

L'éclair ferma ses ailes sur le visage paisible de Jean.

— Avec cette neige, faites attention à ne pas glisser !

— Prenez garde ! recommanda encore la jeune femme.

— Ne craignez rien, je sais où je mets les pieds. C'est dans cette cour que j'ai appris à marcher.

— Oui, mais avec l'âge !

— Ne vous en faites pas, dit encore Jean, je ne risque pas de trébucher !

La jeune femme rit de toutes ses dents. Elle avait une bouche sensuelle aux lèvres charnues. Elle lui prit le bras

— Vous ne pouvez écrire ainsi, lui souffla-t-il, vous allez louper l'essentiel !

— Oui, mais au moins, vous ne ferez pas de chute !

De sa main libre, Jean traça alors dans l'air froid un demi-arc de cercle, le ciel parut se fragmenter :

car de la main de l'homme,

dit-il,

à cet endroit

où naît la ligne ouverte

– golfe de caresse

connu de lui seul –
ne restera que le chant du ruisseau
la terre
la forme possible du ventre.

L'homme prenait des notes. Quelques jours après, l'article parut dans le journal. Il s'intitulait : *Jean Estrine, un poète paysan*. Le journaliste faisait état de sa participation aux luttes occitanes, de ses poèmes-tract, de ses points de convergences avec un autre poète, breton celui-là, Paol Keineg. « Nous voulions, avait dit Jean aux journalistes, vivre dans un pays habitable. »

Ils revinrent plusieurs fois après la parution de l'article. Pour le plaisir, pour le bonheur de l'histoire. Jean leur parla de sa vie, de son séjour à Paris comme libraire, du travail à la vigne, des luttes qu'il avait menées pour la défense des intérêts des gens du pays. Avec les militants du Comité d'Action viticole, ils avaient bloqué un train transportant du vin italien. Il avait décrit leur rage pour arracher les rails et renverser des wagons. Le Midi était alors secoué par un mouvement profond de protestation. Comme les journaux de l'époque le rapportèrent, le pouvoir d'achat d'un hectolitre de vin avait diminué de 7 % alors même que le coût de production augmentait sans cesse. Jean avait vu son endettement auprès du Crédit Agricole s'accroître. Dans toute la région, le mécontentement grondait : *Les viticulteurs du Midi sont sacrifiés sur l'autel de l'Europe.* Puis Jean avait fredonné la chanson de Marti, *Un país que vòl viure* :

Vos vau parlar d'un país que vòl viure,
Vos vau parlar d'un país que morís.
La tèrra la coneissetz,
es la vòstra, amics,
es la teuna, vinhairon.

Je vais vous parler d'un pays qui veut vivre,
Je vais vous parler d'un pays qui se meurt.
La terre vous la connaissez,
c'est la vôtre, amis,
C'est la tienne, vigneron.

*

Après une fin d'hiver pluvieuse, le printemps arriva. Les habitants avaient hâte de sortir de l'engourdissement où la pénombre hivernale les avait plongés. La bonne humeur de Jean revint. Les amandiers étaient en fleur, la vigne bourgeonnait, le blé s'efforçait de percer la terre que le gel avait durcie.

La partie de pétanque, c'était l'un des plaisirs favoris de Jean. Sous les platanes, autour des arènes, les boulistes pratiquaient leur jeu préféré. Le vieil homme y venait avec ses boules et un chiffon rouge. Il trouvait facilement des joueurs pour faire équipe avec lui. On le connaissait pour être un tireur remarquable. Il réussissait des *carreaux* tant et plus. Certains qualifiaient son jeu de *magique*. Les enfants étaient persuadés qu'il avait un gri-gri dans la poche. Dans une mène, il lui arrivait de risquer le coup du tireur une dizaine de fois. Mais, la plupart du temps, l'adversaire était rusé et collait sa boule contre celle d'un équipier et alors là, gare à la casse ! Certains amoureux de ce jeu déclaraient que Jean possédait un *bras d'or*. Il pointait de la main droite et tentait l'aventure pour la frappe de la gauche.

Lorsqu'il s'apprêtait à jouer, Jean relevait légèrement la tête, posait ses pieds dans le cercle, reculait d'un pas, revenait dans le cercle et tirait. Il fermait les yeux une seconde, une seconde où il voyait déjà le feu du choc, où il pressentait la réussite – ou l'échec – de sa tentative. À la vérité, ce geste qui libérait sa main le laissait sans force, comme s'il allait brutalement s'affaisser, vidé de son sang.

*

Le dimanche, il n'aimait guère rester à la maison. Alors il attelait le cheval et filait sur la route des cabanes. À cette heure matinale, à l'abri des grands arbres du parc, les maraîchers installaient leurs étals pour le marché. Mais lui, étranger à tout ce remue-ménage, fuyait la foule endimanchée.

Le soleil, le silence, le vent. L'amour du palus, son odeur étale : il sentait autour de lui frissonner la sansouïre. Parfois, sur son passage, un aulne laissait voir ses chatons sous des feuilles dessinées en forme de cœur. Des phragmites massés en roselières, où venaient nicher rousserolles et effarvattes, agitaient leur plumeau.

Jean rejoignait sa cabane au bord de l'étang. Il aimait le pas paisible de son vieux cheval. L'air sauvage du marais lui montait à la tête. Ici, les habitants ne croyaient guère à la prudence des éléments. Ils savaient se protéger des caprices du vent et de l'eau, des ardeurs de la canicule. Bientôt, il aperçut une fumée montante à contre-ciel des nuages. Il était heureux. Il se sentait encore fort. Comme cette terre d'eau et de ciel qu'il aimait par-dessus tout, comme la jeune vigne gorgée de sève qui faisait monter à sa bouche des cascades de senteurs fraîches.

*

Jean se souvenait de ce temps-là : Ana disait qu'elle communiquait avec la femme oiseau. Si *les visites* étaient autorisées, et si la voix le permettait, Ana et Mélina venaient passer quelques heures dans la vieille bâtisse familiale. Elle s'approchait de Jean, disait saisir son ombre entre ses doigts fins. Parfois, elle lui sautait au cou, heureuse de le retrouver. Était-il possible qu'ils soient à nouveau réunis ? Jean ne le pensait pas. Plusieurs fois, il lui avait proposé de venir à la mer, mais elle avait refusé. Elle passait des heures dans la pinède du mas.

Chapitre XVII
La mer

Jean s'était lié d'amitié avec Gabriel Ponche, un cheminot à la retraite qui le rejoignait souvent sur le banc, à l'ombre d'un platane. Dans la rumeur de l'école proche, ils émiettaient le temps. Parfois, ils ne prononçaient qu'un mot, qu'une phrase. Ce jour-là, Jean souffla à Ponche :

— Tu ne viendrais pas avec moi à la mer ?

Sur le coup, Ponche resta sans voix. Qu'est-ce qu'ils iraient faire au bord de l'eau à leur âge ?

— Avec cette chaleur ?

L'envie chez Jean d'aller se baigner, de voir les vagues mousser dans leurs nids de dentelles, d'observer les matches de volley sur la plage, était tenace. Lorsqu'il était enfant, avec son frère Mathieu, il aimait jouer aux corsaires. Ils faisaient le tour du monde sur le Trois-Mâts *Le Pescalune.*

La mer, c'était sa litanie, à Jean. Une vieille maîtresse, secrète et rayonnante, avec laquelle il avait vécu aux yeux de tous. Il était de la race du sel. Quand il était enfant, il ressemblait à un raseteur dans son costume blanc. Il se rêvait en train d'effleurer les cornes d'un *buòu*. Sur la photo, il avait le visage du bonheur.

À l'arrêt de l'autobus de neuf heures, ce matin-là, Jean, un parasol sous le bras, un cabas à la main, attendait Ponche. Tout autour de lui, la lumière déroulait son ombre et froissait la menthe des fossés. Il resta ainsi quelques minutes, espérant l'arrivée de Ponche. Puis il alla sonner à la porte de Mélina. Il expliqua à sa fille qu'il allait se baigner au Grau-du-Roi. Joë pourrait-il venir avec lui ?

Il l'entendit la jeune femme crier : « Joë ! Tu veux aller à la mer avec ton grand-père ? »

Joë descendit à toute vitesse de sa chambre. Il mit son maillot de bain, enfila un short et se coiffa d'une casquette. Arrivés au Grau-du-Roi, Jean se sentit soudain plus léger. Des bateaux, toutes voiles dehors, filaient sur la ligne d'horizon. La plage embaumait la liberté.

Sous le parasol, la casquette sur les yeux, Jean ouvrit *Clope*, de Luigi Malherba, tandis que Joë se baignait. Le soleil était gratuit, c'était du bonheur pour tous. Jean, dans une bouteille plastique, mit à tiédir de l'eau douce pour s'arroser après le bain. Il faisait si chaud que sous le parasol même, Jean cuisait. Quand il se redressa pour observer Joë, son visage s'illumina. Il avait le sourire d'un enfant.

Des gosses couraient sur le rivage en s'aspergeant.

— On se baigne ? demanda Joë à son grand-père.

— Pourquoi pas ? répondit Jean. Mais tu nages bien, au moins ?

— Oh oui, grand-père ! Mieux qu'une grenouille !

Une vague s'abattit sur Joë comme si elle tentait d'émietter du pain noir jusque dans ses yeux, lissa d'un coup ses cheveux bruns bouclés, ruissela en fleurs de mousseline blanche sur le sombre de sa peau.

Joë se releva.

— Ouaouh ! J'ai bu la tasse !

Quand l'enfant eut fini de recracher l'eau, ils nagèrent vers le banc de sable.

Joë se mit debout.

— J'y suis !

Dans l'autobus, au retour, Joë s'endormit sur l'épaule de son grand-père. Jean, tandis que le paysage défilait, se remémorait son adolescence. Les sorties à la mer, en famille, les randonnées qu'il effectuait avec ses amis. Ce qui comptait surtout à ses yeux, à cette époque de sa vie, c'était son ancrage profond dans ce qu'il nommait le *Languedoc de la mer*, son attachement à ce territoire, son rapport obsessionnel à la vigne. Il se souvenait encore avec bonheur des paysages de son enfance. Il avait été un gosse de l'air et de l'eau. Il se dit qu'il aimerait, un jour, raconter sa vie à Joë.

*

Midi passé, Jean Estrine comprit que la journée s'échinerait à repousser la lumière jusqu'au soir. Joë avait rejoint sa mère. Le vieux vigneron s'en prit au chat qui s'étirait au soleil : *Pigrejas, cat* ![28] Puis il baissa la tête, se roula une cigarette et prononça à voix basse au-dessus de son verre de vin, le mot-clef de ses mauvaises pensées : « So-li-tu-de ». Il toucha le bras du fauteuil. Sur un bout de papier, il nota ce qu'il devrait accomplir le lendemain : *Aller faire les courses, adresser une carte à Joë pour son anniversaire que le facteur lui apporterait dans une lourde sacoche, labourer la vigne de Chabrol...*

Sa main s'adoucit au contact du bois, elle reconnaissait simplement la beauté des choses.

Mais son cœur, soudain, fut cerné par des guêpes invisibles, par des trilles d'oiseaux noirs. Son cœur ! Il

28. Tu fainéantes, le chat ! (occitan)

pourrait faire le récit de sa vie, parler de ses imbroglios familiaux, de son bonheur englouti, des destins modestes qu'il fréquenta, des luttes qu'il conduisit à la tête des viticulteurs pour sauver la vigne. Mais dès qu'il voulait écrire l'histoire d'une rencontre, son cerveau, affaibli par l'âge, calait. Il baissait les bras. Devant la page blanche, la main ne fonctionnait plus aussi facilement qu'autrefois. Il se sentait vide et découragé comme lorsque l'instituteur à la communale donnait le sujet de rédaction : « Dites ce que vous avez fait dimanche. » Et qu'il restait ahuri, se demandant s'il allait raconter sa matinée de pêche à la grenouille ou la partie de cache-cache avec Lili. Trop difficile pour lui, humble travailleur de la terre, les histoires que l'on raconte enjolivées dans le cercle familial. Il préférait la poésie, innocente et comme étrangère à ses difficultés.

En devenant ce vieillard mû par sa seule énergie, il comprit bien vite qu'il finirait comme un vieux cheval *rosegaire*[29]. Pourtant, toute sa vie était là, dans les mots indicibles de cette petite flamme, dans les mots du pays qu'il prononçait à la manière des *bojarros*[30] d'autrefois.

Il tenait, comme l'on disait, la *pelha fresca*[31], les

29. Rongeur (occitan). Ici : vieux cheval laid, qui ronge les cordes.

30. Fripons (occitan).

31. Il tenait le chiffon frais (occitan). Fig. « gronder vivement »

intrus n'avaient qu'à faire attention à eux. Ce jour-là, il resta longtemps à contempler la vigne, à admirer l'alouette. Le froid était revenu au-dessus du sillon. S'il recherchait la crête du vent, c'était pour goûter l'accord secret de la terre et du ciel. Le visage du bonheur n'était jamais le même.

Les mains fixées aux mancherons de la charrue, il exultait. Le cheval s'ébrouait et fumait. Il était chez lui à pénétrer la terre avec le soc profond – pour quelle récolte ? – à labourer de sa force tranquille. L'automne emportait la vie dans ses ombres jaunes.

À midi, il écouta la radio, serra le foulard autour de son cou. Le journaliste dénonçait le goulag. Il grogna. Il avait du mal à croire toutes ces horreurs, à imaginer tous ces morts, cette violence. Ce goût du pouvoir et de la terreur. Voilà une vérité bien dure à entendre.

Son cri se portait en dedans.

Il avait l'impression d'avoir vécu sa vie à l'envers.

Quatrième partie
Pauline

Chapitre XVIII
La canne à pêche

— Dis, grand-père, tu sais pourquoi j'ai la peau noire ?

— Oui, mon petit.

Ils entrèrent dans la boutique d'articles de pêche. Jean tenait Joë par la main.

— Ton papa est Africain.

— Et est-ce que tu l'as vu, un jour, mon papa ?

— Oui, je crois.

I love you, I love you, chanta en lui un chanteur inconnu. Une bicyclette les dépassa. La rue s'emplit de voix. Il se souvenait de l'instant où il était arrivé sur la place. Mélina se déhanchait dans une danse endiablée avec un Africain. Elle était si jeune. Il avait pensé soudain au sable qui s'échappait de ses mains sur la plage. Il avait trouvé sa fille si jolie qu'il en avait ressenti un pincement au cœur.

— C'était la fête, ce soir-là, s'exclama Jean, tu comprends ? Après, je ne sais pas, ta mère m'a prévenu quand tu es né… Elle m'a annoncé que ton père c'était cet Africain avec qui elle dansait.

Joë faisait semblant d'admirer les cannes à pêche.

— Un jour, j'irai voir mon père en Afrique… C'est loin l'Afrique, grand-père ?

Jean lui sourit. Il eut un geste évasif.

— Non, quelques heures avec l'avion. Plusieurs jours si tu prends le bateau.

Le vendeur les regardait comme s'ils arrivaient d'une autre planète. Jean était habitué à ce regard quand il se promenait avec Joë. Le regard allait de lui à l'enfant, de l'enfant à lui, comme pour dire : *Vous êtes ensemble ?* Jean insistait toujours, dans ces cas-là :

— Avec mon petit-fils, nous voulons pêcher, monsieur, il nous faudrait deux cannes légères…

— En bambou ?

— Oui.

Ils achetèrent des hameçons, du fil, enfin, tout l'attirail nécessaire. Joë était très fier. Il demanda même à Jean d'acquérir une épuisette au cas où ils prendraient un brochet ou une grosse carpe. Les yeux de l'enfant brillèrent. Quand ils quittèrent le magasin, Joë avoua :

— Grand-mère n'aime pas la pêche, c'est pourtant amusant !

— Oui, déclara Jean, mais tu sais, il faut surveiller le bouchon tout le temps ! Et ne pas s'endormir !

— Oh ! Mais grand-père, je ne dors pas quand je pêche !

*

— Jamais aucune terre ne vous a été promise, vous êtes simplement promis à la terre, mon cher monsieur ! s'insurgea la vieille dame.

Pauline, Jean la rencontra un matin en faisant le marché. Elle était fripée par le temps, mais ses yeux pétillaient de malice, ses mains tremblaient de vie et de bonheur. Elle trottinait avec son cabas, petite vieille usée, sèche comme un hareng. Il lui répondit :

— Pour moi, la terre, vous savez, c'est toute ma vie !

Et il se mit rire. Ils revinrent du marché en papotant. Jean le solitaire écoutait gravement Pauline. Les jeunes du quartier affirmaient qu'elle était l'âme de la commune, que son extraordinaire mémoire emplissait chacune de ses réponses d'une immense culture populaire.

Elle avait passé sa vie à travailler à *La Colle*, une usine de produits chimiques. Tandis qu'elle marchait aux côtés de Jean, le vent chassa les nuages qui crevaient parfois en averses avec un goût de mer et de marais. Son prénom réel, c'était Paule, mais nul ne sait pourquoi, tout le monde l'appelait Pauline. Elle connaissait les fleurs et les herbes, les comestibles et les dangereuses. Elle avait côtoyé le dernier tonnelier, fait la conversation au charron lors de la fabrication de son ultime charrette, houspillé le rempailleur de chaises. Dans la cour de Jean, il y avait un banc, sous un platane, abrité du mistral. Un vrai cagnard.

Pauline y faisait souvent halte pour un oui, pour un non, pour ses os que l'arthrose mettait à mal, pour ses pieds qui enflaient lors de la canicule ou bien quand le vent-maître[32] soufflait sur la plaine et qu'il était d'une telle force qu'il pouvait renverser une charrette chargée de foin.

Les rencontres avec le vigneron débordaient toujours de douceur, de bonté, d'intelligence. Le vieil homme en éprouvait une sorte de vertige. Elle avait été mariée, mais son mari, on l'avait peu connu. Peut-être mourut-il quelques mois après leur arrivée. Jean attendait qu'elle s'assoie à ses côtés. Il balayait du plat de la main une brindille qui était restée accrochée sur son pantalon de velours noir. Ils gardaient un moment le silence.

— Voilà, disait-elle enfin sans le regarder. Il attendait quelques secondes avant de relever les yeux.

— Autrefois, reprenait-elle de sa voix douce, quand

32. Mistral est un terme occitan issu du latin *magister*, maître.

j'allais à l'usine, la vie des ouvriers était rythmée par la corne. On dépendait de l'appel : trois coups d'avertissement à moins le quart et un coup à l'heure. Alors les deux battants du grand portail se refermaient impitoyablement. Si tu étais dehors à ce moment-là, tu avais perdu ta journée et souvent même ton travail.

Brusquement, le visage de Pauline se creusa. Elle se revoyait pénétrer dans l'usine par l'échancrure du portail en train de se fermer.

Cinq heures du matin : elle était en sueur, essoufflée. Ses paupières étaient lourdes, ses doigts engourdis par le froid. Le soir, quand elle quittait l'usine, sa chemise était grise de poussière. Elle se pressait.

Devant le nouveau lavoir, elle entendait claquer les battoirs que ponctuaient les commérages des laveuses. Leur rude tâche terminée, certaines d'entre elles s'en allaient en s'échinant à pousser de lourdes brouettes chargées de linges à sécher d'où émergeaient le seau de tôle, les bouteilles de javel et les brosses.

Lorsque Pauline passait devant l'échoppe du bourrelier, elle admirait les colliers avec leurs grelots, les harnais brillants de leur fourniture de cuivre, les brides, les fouets. Une fumée âcre laissait percevoir une odeur de corne brûlée. Dans sa forge, le maréchal-ferrant était en train de poser des fers sous les pieds d'un percheron qui s'ébrouait.

Pauline aimait ce moment de la journée. Le travail l'avait épuisée, elle était comme saoule ; elle était heureuse. La nuit s'approchait, mais le jour était encore là. Elle sentait la vie qui s'écoulait en elle et cela lui suffisait. Elle était dans une sorte de brouillard, ses yeux piquaient. Devant le magasin d'alimentation où habita le bandit Desfourche, elle se souvint que sa grand-mère, pour se protéger du soleil, ouvrait son ombrelle de soie noire en disant : *Le feu nous parle toujours bas et mûrit le mensonge sous la cendre. Mieux vaut s'en protéger*.

À quelques mètres de là, par la porte cochère où luisaient les pavés, elle observait le petit matelassier. L'homme actionnait vigoureusement le balancier de la cardeuse sur la laine nappée qui résistait à l'effort.

Pendant ce temps, sa femme, *Misèria*[33], comme on l'appelait, la tête protégée par un grand chapeau de paille, plongeait ses mains dans la laine gonflante que rejetait la cardeuse et la répartissait uniformément sur la toile que soutenaient deux tréteaux. La rue brillait sous la lumière que les maisons projetaient.

Des gens passaient à côté de Pauline qui parlait avec les mots de chaque jour. Dans la boutique du coiffeur, elle apercevait un client dont on barbouillait le visage

33. Misère (occitan).

de savon. Les roues des dernières charrettes grinçaient et, lentement, s'attardaient jusqu'au silence de la nuit.

— Je n'étais qu'une enfant, murmura-t-elle.

Elle gagnait à peine de quoi manger… Elle tourna la tête, chuchota plus qu'elle ne parla :

— En ce temps-là, on ne souffrait pas du chômage. Avec des journées de dix heures et des semaines de soixante, le travail représentait un véritable asservissement à l'usine.

Le dimanche, elle allait sur les bords du fleuve avec son mari, Dante.

— On se payait une friture chez la Mère aux Oiseaux, murmura-t-elle, une lueur de joie dans les yeux.

Le dernier café avant le pont était tenu par des Italiens. Des maçons piémontais jouaient aux cartes en tapant du poing sur la table ou chantaient en chœur sous la tonnelle en regardant les joueurs de boules.

Elle prenait le bras de Dante. Malige, le marchand de vin, sur le pas de sa porte, leur criait : « Alors, on se promène ? »

Ainsi la vie s'écoulait sans faire plus de bruit qu'un chat guettant sa proie.

Chapitre XIX
Elle et lui

Venait le temps de la canicule. Le thermomètre montait en flèche. Même s'il aimait l'été, saison des brasiers, des soleils éclatants, Jean ne pensait qu'à se rafraîchir au bord de la mer. Mais, la plupart du temps, il n'avait pas le courage de prendre le bus. Il se glissait dans sa chaise longue à l'ombre du platane dans la cour avec un livre et attendait que le marin se lève pour avoir un peu de fraîcheur. Quelquefois, il se roulait une cigarette et fumait avec gourmandise. Avec Ana, le dimanche ou certains soirs d'été lumineux, ils aimaient déambuler dans les rues du Grau-du-Roi. Ils admiraient un bateau-bœuf[34], un *bòu* comme disait Ana avec son accent chantant. « C'est le plus grand voilier

34. Vient d'une confusion faite en français entre *bòu* (occitan) : coup de filet, produit d'une pêche, du latin *bolus* ; et *buòu* (occitan), du latin *bovis* : bœuf.

de pêche du littoral méditerranéen », affirmait Jean. Le travail s'effectuait à l'aide de deux bateaux, le *bòu* et la conserve qui remorque un chalut en couple. La mer, c'était pour Ana une présence avec laquelle elle avait toujours vécu. Elle l'entendait encore clapoter, battre le rivage. Après la sieste, elle sortait de sa torpeur avec le vent marin. Elle disait à Jean : « Elle me parle du monde du sel. »

*

Un matin de février, de très bonne heure, Jean suspendit du laurier dans la cuisine : « Le laurier éloigne le froid », grogna-t-il. Il ouvrit ses volets d'un geste sec. Tout en buvant son café, il plongea son regard dans le noir. Le jour n'était pas encore levé. Il aperçut à peine le banc, sous le platane, où l'humidité de la nuit s'était posée. Une pie, tout en sautillant, jacassait. Quand il eut achevé son café, il sortit. Il fallait qu'il marche dans les rues encore silencieuses, qu'il se dégourdisse les jambes. Il entendait la voix des anciens qui, durant son enfance, déclaraient que la ville, c'était le *miroir aux alouettes*. Les plus opposés à quitter la terre affirmaient haut et fort : « Plutôt mourir que d'être ouvrier chez Renault ! » Ceux qui partirent revinrent quelques années après dans des automobiles pimpantes. Ceux qui restèrent au village continuèrent à cultiver leur lopin de vigne et rentrèrent de maigres récoltes. Dans l'après-midi, ce jour de février, il tonna. La pluie claqua sur le sol froid. Jean avait en tête le proverbe que son père ne manquait pas de rappeler dans ces cas-là : « Tonnerre de février, peu de vin dans l'année. » Afin de déjouer le mauvais sort, Jean égorgea une vieille poule et fit une *sanqueta*[35].

« Moi, dit Pauline qui était entrée dans la cuisine et s'était assise pour boire le café, je me souviens des séances du cinématographe. »

Elle posa ses mains sur la toile cirée. Belles mains d'ouvrière creusées par le travail, mains aux ongles courts qui ont souffert, tachées, çà et là, de pâquerettes de cimetière. Devant le lavoir où elle passait pour rejoindre la salle du cinéma s'exhalaient des buées par les claires-voies du toit.

« Quand j'arrivais à l'entrée du Ciné-Éclair, j'étais remplie de bonheur. La fête des images ! Je me délectais des contorsions de Charlot et des mimiques de Pearl White. »

Ce jour-là, en quittant le cinéma, elle s'en souvenait comme si c'était la veille, en descendant la rue de la Gare, elle avait croisé un ouvrier, les poings enfoncés

35. Sang que l'on fait frire.

dans ses poches. Ses yeux étaient noirs et sa barbe hirsute. Il avait pénétré dans cette maison où l'on voyait dans la cour la voiture du patron.

« Autour de lui, dit-elle, l'air paraissait transparent. »

Le passé, comme le présent, a la peau fragile. Il faut savoir l'apprivoiser, l'inciter à vous raconter la chronique familiale des jours brûlants, il faut l'aider à vous dévoiler les secrets de famille, à vous livrer les détails qu'avant vous, vos prédécesseurs ont enfouis dans les glaises de la mémoire. Néanmoins, les tribulations familiales passent très vite. Il ne reste que les détails. L'arrière-grand-père de Jean, Pierre Estrine, et l'arrière grand-mère qui portait le doux nom de Marie, descendirent des Cévennes pour se rapprocher du littoral car Marie voulait voir la mer avant de mourir. C'était l'époque où, les dimanches de printemps, Pierre jouait de l'accordéon dans les cafés… Disons, plutôt, qu'il mendiait quelques sous ou de la nourriture, et qu'en échange le patron voulait bien qu'il jouât quelques valses ou rengaines du moment. Marie était heureuse, malgré tout, elle avait découvert le pays des mouettes et des hérons, le pays où des poissons par grappes bondissaient hors de l'eau. L'été, il arrivait même que le sirocco soufflât ou qu'un nuage de sauterelles s'abattît sur le Bas Pays.

Le soir, les hommes qui travaillaient pour la plupart dans les vignes s'endormaient de fatigue sur leur chaise.

« Mon grand-père, disait Jean à Pauline, était grand, il avait fière allure, carré d'épaules, un regard d'aigle. On voyait les muscles sous sa chemise qui faisaient des boules. »

Quand il ne jouait pas de l'accordéon dans les cafés, il se louait pour travailler la vigne. Il portait sa ceinture de flanelle rouge. Pour l'attacher, il l'accrochait à un arbre et il tournait autour.

Tout en parlant, Jean ouvrit le col de sa chemise. Elle s'approcha de lui et poursuivit : « Chez nous, à la manufacture, on fabriquait de la colle forte à partir du traitement des os. Tu comprends pourquoi on appelait l'usine *La colle*. On recevait des wagons entiers d'une matière première à l'odeur pestilentielle qui venait d'Orient. Un jour, des ouvriers ont découvert dans une benne des ossements humains. Elle grouillait d'asticots. »

*

Assise devant la glace ronde de sa coiffeuse, elle saupoudra ses joues. Sa houppe manqua de lui échapper. Ai-je vraiment été attirée par cet homme dès que je l'ai vu ?

Dante était ouvrier tonnelier, il avait la carrure d'un joueur de rugby. Ce qu'elle aimait en lui, c'était son pas alerte et sûr, son sourire d'enfant, sa tignasse de cheveux noirs, ses yeux dans lesquels elle découvrait la lumière de Calabre. Elle désirait lui dire que le monde entier l'attendait, lui, Dante.

Mais elle n'osait pas.

Elle se retenait sans cesse pour ne pas lui sauter au cou. Elle pensait toujours à eux, les Italiens. Venus on ne savait d'où, fuyant la misère, guettant un sourire, une main tendue. Elle aimait cette sorte d'hommes.

Sur les bords du fleuve, ils se taisaient tandis que les usines cornaient le premier appel. Ils vivaient avec le soleil dans leurs têtes, arrivant dans des lieux de solitude où ils dormaient couchés, sur les quais, au milieu des valises et des enfants.

« En fin de compte, dit-elle, ces hommes-là avaient des épaules chargées de promesses de vie meilleure. »

De nouveau, ses pensées la ramenèrent à son désir de retenir son corps en fuite. Elle repensa à ces mois qui furent le printemps de ses amours. Dante l'attendait près de l'atelier du tonnelier. L'odeur de bois brûlé des douves montait jusqu'à elle.

Au-dessus des toits, le soleil découpait la crête du Mont de la Tinta.

« Le Maître, affirmait Dante, fabrique des tonneaux

de chêne pour le vin. Ce sont les plus beaux du pays. »

Pauline savait cela. Elle savait aussi que les barriques en bois de peuplier étaient destinées à son usine pour le transport des produits chimiques.

En passant devant le café du Faisan, elle comptait les *lettres de mort* que l'on punaisait sur le gros platane. Un signe de plus que la vie n'était qu'une chose éphémère !

Jean l'invita à prendre un verre à la terrasse du café. Elle approuva de la tête, mais ne relança pas la conversation. Les mots ne venaient jamais comme ça, et les pensées se déroulaient au fur et à mesure quand le silence avait fait son œuvre.

*

Elle l'écoutait lui parler de ses lectures d'enfant, les Pieds nickelés dans la jungle chevauchaient des éléphants blancs. Croquignol, surtout, l'inquiétait. Riboul-dingue le faisait rire. Jean imaginait que le troisième – celui dont il ne retenait jamais le nom, Filochard – était dévoré par un crocodile. Ce n'était pas pour rien qu'on l'appelait, lui, Jean Estrine, le *poète paysan.*

La petite lampe était allumée sur la table, près de la fenêtre. C'était un dimanche triste. Il pleuvait ; la pluie, en fines gouttelettes, bavait sur les vitres. Les cloches sonnaient à toute volée. Le vieil homme ne bougeait pas. Un souffle puis, brusquement, le silence. Il fermait les yeux. Pendant qu'il faisait chauffer la bouilloire, la pensée d'Ana traversa une nouvelle fois sa vie. Elle l'avait quitté, un matin de printemps, avec l'enfant. Les gestes lents de Jean, leur douceur, avaient la perfection d'une caresse. Il revit par la pensée la chambre vide de Mélina. Et la douleur profonde à cette ultime seconde où il avait voulu mourir lui tenaillait une fois encore le cœur.

Ce jour-là, comme pour signifier ce grave abandon, cette richesse de sa vie détruite, il acheta un verdier sur le marché et posa la cage sur le rebord de la fenêtre. Il écouta le chant de l'oiseau lui dire l'absence fragile, la lourdeur de l'eau sur sa nuque, l'amour brisé. Puis il ouvrit la porte de la cage.

*

À quelques mètres de Jean, le corbeau se posa sur une branche de l'arbre mort. Le champ avait toutes les audaces de la lumière. Jean gratta l'écorce. Il accueillit au creux de ses doigts les regrets du tronc, le dénuement de ses racines. Il se sentait fatigué. Ses souvenirs continuaient de le harceler. Il entendait Ana lui dire : « La voix me pousse loin de toi ! » Les médecins ne savaient trop comment la soigner. Elle affirmait qu'un gardian venu de l'ombre la battait. Elle refaisait sans cesse la même sculpture de glaise. Un taureau à tête d'homme se jetait sur une jeune femme à moitié dénudée.

Et puis la main de Jean s'ouvrit, le souvenir d'Ana fit place à la réalité. C'était la main rugueuse du semeur. Elle allait donner son poids d'espoir à la terre. Le grain était chaud, il était plein de désir de vie. Le vieux vigneron était heureux de son travail. C'était un labeur de longue haleine. Un champ de blé au milieu de ses vignes ! Sur son carnet de poète, il avait écrit le matin même : *Le vrai visage de l'homme, c'est en regardant les paysages qu'on le découvre. Le paysage est un être vivant. C'est le regard de la terre.*

Depuis qu'il était enfant et qu'il courait dans les champs avec Martin, il s'interrogeait sur la germination. Il croyait entendre pousser le grain. La terre lui soufflait des mots encourageants. Mais pour l'heure, le temps de la moisson n'était pas encore venu. Dans la rumeur du mistral, seule une alouette s'élevant d'un sillon perçait le silence du matin. Il était entouré par les oiseaux noirs. Ils attendaient leur pitance. Mais il ne les craignait pas, il se moquait d'eux. Il avait du travail jusqu'au déclin du jour. « Âââhr ! Allez-vous-en, vauriens ! Le blé poussera malgré vous ! » La colonie nichait dans les peupliers voisins. Il installa dans le champ les enfants du capitaine Oscar, de petits épouvantails aux grelots aigus que le moindre souffle d'air faisait frémir. Ils avaient des bras en branche dure d'olivier, des yeux noirs et ronds aux paupières lourdes. Dans l'art de manier les outils de la terre, Jean était un expert : la bêche, le râteau, la faux, la charrue… Il courait à l'ouvrage quand cela était nécessaire. Le travail était son passe-temps préféré. Il fallait sans cesse qu'il bouge, qu'il aille, qu'il charrue, qu'il sème, qu'il vendange. Mais depuis le *dérèglement* de ses relations avec Ana, il n'était plus le même homme. L'âge arrivant, il avait pourtant trouvé une forme d'équilibre dans sa vie. Mais ce n'était qu'une forme.

*

L'amour de Pauline et de Dante, Jean ne pouvait en saisir que des miettes. Il n'avait rien connu de semblable avec Ana : rien de comparable, du moins, à cet emportement, à ce délire, à cette passion de la jeune ouvrière pour Dante, le rital calabrais.

« Le dimanche, lui racontait Pauline en buvant son café, j'aimais par-dessus tout ces instants sous la tonnelle de la Mère-aux-oiseaux. Dante choisissait de grosses boules en bois clouté sur le présentoir des jeux. Les enfants sirotaient leur limonade, un homme jouait de l'accordéon, doucement, de ses longues mains, comme s'il craignait d'éveiller les fleurs. Dante appelait Fausto et Gino et, chacun leur tour, les enfants s'efforçaient de s'approcher du but de buis. Appuyée sur la table, je fermais les yeux, puis je criais joyeusement : Je vais me promener ! Je ne pensais plus à l'usine, aux ossements, aux asticots. Je ressentais le travail comme une force tellurique : il nous permettrait de changer le monde le moment venu. J'étais heureuse de ma vie avec Dante et les enfants. C'était comme si quelqu'un me tendait la main. Du regard, je touchais l'azur, l'oiseau en train de voler, le nuage. L'aubépine fleurissait sur le bord du chemin. Je n'ai appris à lire que tardivement. Je n'étais pas une bonne élève. Mais j'ai enseigné à Dante et à mes fils tout ce que je savais. »

Les intonations chantantes de la voix de Pauline avaient un charme subtil qui agissait sur Jean. Il mâchonna sa pipe, lissa ses moustaches. Le silence de la maison devenait brusquement presque magique.

*

Le printemps les enchantait.

Assis sur le banc de la cour, ils contemplaient dans le verger du voisin des amandiers éclatant de neige rose.

— Et si nous allions faire une promenade ? demanda Pauline.

— Mmmmm… Je prends ma canne !

Le ciel se tendait d'une lumière fine. Les arbres sortaient de leur immobilité hivernale. Le vent s'éparpillait par instants, s'adossait sur l'horizon, se hissait jusqu'à eux et leur apportait un manteau de velours tendre. Autour d'eux, il y avait ce bruissement, ce souffle.

— Je me souviens, quand j'étais petit, déclara Jean, j'allais avec mon père dans les plantiers. Il me disait : « Les vignes sont en sève, viens, nous allons greffer. » Nous amenions le vieil Octave et nous partions sur la charrette.

Il s'arrêta une seconde, montra à Pauline un plant.

« Mon père avait conservé les greffons dans le sable et ils commençaient à bourrer. Le greffeur, en général, c'est un vieux vigneron qui connaît bien le métier. Mon père coupait le plant à la bonne hauteur. Puis, d'un geste sec et précis, il le fendait. Ensuite, il introduisait la pousse de la vigne qu'il avait préalablement taillée avec son couteau greffeur. Pour que la soudure soit solide, il nouait le plant et le greffon avec du raphia. Derrière lui, Octave plantait le tuteur, recouvrait le jeune cep à l'aide d'une houe à lame courbe. C'était comme une naissance. Dans la terre, à l'abri de l'air, le pied-mère nourrissait le petit sarment. Mon père surveillait toujours ses jeunes ceps. Il défaisait la butte quelque temps après, vérifiait qu'il n'y eût pas de fourmis ou de chenille capable d'endommager la naissance du premier bourgeon au printemps. C'était un travail d'une longue patience. »

*

Maudite usine ! Le contremaître criait souvent après Pauline. Il aurait bien aimé que… Elle sentait son souffle dans son cou.

— Si vous me touchez, mon mari vous fera la peau !

Il lui lançait un regard pointu. Elle le regardait :

— C'est tout ?

Il s'en allait à l'autre bout de l'atelier en grognant :

— Les autres ne sont pas si regardantes !

Tout en marchant, elle revenait par la pensée à *La Colle*. Le vieux chemin desservait l'usine et souvent, le matin, je croisais Adeline qui montait du fleuve avec ses paniers d'osier rangés dans une charrette. Ses poissons frémissaient encore sur un lit d'herbe. Dès les premières maisons, je l'entendais s'égosiller : « Eh ! Là-haut ! Mesdames… Voilà de belles anguilles ! » Quand je la croisais, elle me disait : « Bonjour, petite ! Comment ça va, ce matin ? » Je lui souriais. « Bonjour madame ! Bonne journée ! »

Elle avait un visage ouvert et des yeux où l'on voyait à la fois la lune et le soleil.

*

Jean ne savait rien de la mort de Dante. Pauline toujours refusa d'évoquer la disparition de son mari devant lui. Elle allait quelquefois au cimetière apporter des fleurs sur sa tombe. Ce jour-là, elle traversa le bois de pins tandis que le ciel bleu tremblait au-dessus de sa tête.

Bien que l'on soit encore au printemps, durant plusieurs jours, il fit une chaleur brûlante. Jean aperçut Pauline de sa fenêtre, qui passait sous le figuier, trottinant dans la rue vide aux maisons silencieuses. Le chien du voisin était alangui devant la porte, le coq se taisait, éreinté à son tour par la torpeur envahissante. Chacun derrière les volets clos attendait qu'arrive l'heure de la fraîche. Elle cogna au carreau, un peu inquiète soudain.

— Le vent…

Il s'était levé dans la nuit, au moment de la trombe d'eau. Bientôt, des branches d'arbres cassées avaient jonché le sol. Elle poussa la porte, s'ébroua, s'assit sur la première chaise venue.

— Tu sais, dit-elle, il ne pleut pas encore ici, mais dans la montagne, c'est un vrai déluge ! Et il arrive ce beau diable !

— Mais enfin, Pauline, de qui parles-tu ?

— Du Vidourle, *e ben !*

Brutalement, la température chuta. Il fit du feu tandis que les premières gouttes claquaient sèchement sur le sol.

— Tu as vu, dit Pauline, la Marie-aux-pattes est revenue à la *Cour des Miracles*.

La *Cour des Miracles*, c'était l'ancien relais de la poste aux chevaux. La Marie-aux-pattes en avait fait son domaine. On la voyait souvent pousser sur le pavé son landau de chiffonnière. Elle se coiffait d'un chapeau parme où se nichait une plume. Ses jambes étaient entourées de vieux chiffons qui les faisaient ressembler à des pattes.

L'été, assise à l'ombre sur sa chaise, on l'entendait ronfler du bout de la cour. Mais elle ne dormait que d'un œil.

*

Pauline craignait les débordements du Vidourle. Elle vint demander à Jean de l'aider à monter ses meubles au premier étage. Mais Jean souffrait de sa jambe et l'on dut faire appel aux voisins. Vers onze heures du soir, les sirènes mugirent au-dessus de l'église. Jean sortit pour voir ce qu'il en était.

Il aperçut un mince filet d'eau jaunâtre qui coulait à ses pieds. Le fleuve arrivait jusqu'à eux, ondulant et joyeux. Il se déversa dans les rues.

— *Vei-lo*[36] !

Il n'y eut bientôt plus d'électricité. Plus de téléphone. Jean et Pauline montèrent rapidement au premier étage.

La radio annonça que le préfet avait pris les mesures nécessaires. On entendit le vent heurter les murs avec force. Lorsque le jour se leva, les maisons étaient sous les eaux.

— Mon Dieu, souffla Pauline. Elle tira son châle sur ses épaules s'avança jusqu'à la fenêtre.

— Tu vois, il muffle, et si la pluie continue de tomber…

De l'autre côté de la rue, un flot boueux se pressait contre les portes, charriant troncs d'arbres, poutres, tonneaux. Quelqu'un qui passait en pneumatique leur cria :

— Vous allez bien ? Vous n'avez besoin de rien ?

— Non, s'écria Jean, pas pour le moment, merci !

Les petits yeux de Pauline furetaient partout.

— Tu as du pain ? Du café ?

— Oui…

— Alors mangeons, c'est la meilleure chose à faire !

36. Vois-le ! (occitan)

Tout en beurrant une tartine, Pauline parla d'une voix lente. Des arômes noirs et torréfiés embaumaient la pièce.

— Ce qui me plaît dans ce pays, c'est sa lumière fabuleuse, mais le fleuve n'est pas très délicat avec nous !

— Ah, dit Jean (les mots jaillirent de sa gorge nerveusement) on voit bien qu'ils n'ont rien fait pour renforcer les digues !

— Cette année-là, se remémora-t-elle, le fleuve était sorti de son lit. Un mois après, on assassinait le président Carnot. Ma mère a appris la nouvelle à l'épicerie. Ensuite, deux magasins italiens ont été saccagés. Tout ça à cause de cet anarchiste de Caserio.

Quelques jours après, sa fredaine achevée, le Vidourle revint dans son lit. Les rues étaient rendues glissantes à cause de la boue. La totalité de la population était sinistrée. Il fallut attendre le début de l'été pour que le village retrouvât son visage habituel. La recette des premières courses de taureaux fut reversée aux sinistrés. Quoique s'appuyant sur sa canne, Jean marchait de plus en plus difficilement. L'arthrose envahissait son corps. Ses os, ses muscles se déchiraient. Il était dans une sorte de nuit. Une émotion inconnue faisait trembler ses lèvres. Le mouvement de ses doigts composait une chanson triste.

Chapitre XX
Tête à tête

Sans ses lunettes, il voyait mal. Heureusement, la douceur de la saison lui apportait son brillant et ses couleurs. Les vignerons graissaient les moyeux de charrettes, vérifiaient le harnais des chevaux, préparaient les cuves, les cornues, embauchaient les vendangeurs.

Il restait encore assez de force à Jean Estrine pour aller s'asseoir sur le banc. Malgré la chaleur environnante, un froid mordant descendait le long de son cou, enserrait sa poitrine moins gonflée qu'autrefois.

Par moments, un air de malice passait sur son visage et ses lèvres bougeaient comme s'il allait parler. Mais Pauline n'était pas là. Alors, il se plongeait dans la lecture d'un livre dont il se séparait rarement.

De ce banc, dont il disait que c'était *l'antichambre de la mort*, Jean fit un geste de la main. Un geste lent, humble, dénudé, dénué de force et qui avait la couleur de la chair de l'homme. Une voiture s'arrêta, puis démarra. Joë accourut à la rencontre de son grand-père et se jeta dans ses bras.

— Tu as toujours un livre dans les mains. Dis, tu lis quoi, papet ?

— Un sonnet de Théodore Agrippa d'Aubigné…

L'enfant se pencha sur l'ouvrage et déchiffra le début du poème : *Nos désirs sont d'amour la dévorante braise…*

Au bout de la rue, la voiture disparut.

— C'est un beau livre, murmura l'enfant.

Jean caressa la tête de Joë.

— Mais comment tu t'es coiffé ce matin ! Et en plus tu mâches du chewing-gum !

Jean éclata de rire. Joë était un petit bout d'homme. C'était, en tous les cas, son plus brillant admirateur.

Mais c'était quand ils se trouvaient en tête à tête tous les deux, que Joë s'épanouissait.

— Et ton canari, est-ce qu'il va chanter aujourd'hui ?

— Sans doute.

— Sans doute quoi ?

Jean, tout en épluchant des pommes de terre, se mit à siffler.

— Sans doute quoi ? Grand-père, tu te moques de moi !

— Mais non, écoute…

Le canari chantait.

— On dirait un jet d'eau, affirma Joë.

— Tu as raison, indiqua Jean, c'est comme un jet d'eau qui creuserait l'air. On appelle ça une *roulée profonde*.

Il y avait dans les propos du grand-père beaucoup de sérieux.

— Tu devrais l'envoyer à un concours ! Il pourrait devenir un champion !

C'était un des thèmes favoris de Jean avec Joë : devenir un champion, même pour un canari qui chantait bien, c'était un rude travail ! En fin d'après-midi, la voiture reparut au bout de la rue. Joë aimerait bien rester toute une semaine avec Jean.

Le grand-père embrassa son petit-fils.

— Tu reviendras ?

— Oui, grand-père. *Adieussiatz*[37], marmonna l'enfant en roulant des épaules.

— *Adieussiatz*, mon petit, la prochaine fois, je te raconterai l'histoire de l'oiseau qui voulait parler.

Le gamin se retourna une seconde. De son père, Mélina disait que c'était un *patanaire*[38]. Quand Joë monta dans la voiture, la mère, pour ne pas déroger à la règle, demanda à l'enfant :

37. Au revoir (occitan).

38. Gros mangeur de pommes de terre (occitan).

— Il t'a encore fait manger des patates, ce *patanaire* ?

Joë n'aimait pas que sa mère parlât ainsi de Jean. Alors il mentit.

— Pas du tout… On est allé au restaurant, même que j'ai mangé une solette avec un *Pirate* au dessert.

— Ah… fit Mélina, le vieux singe s'apprivoise !

Chapitre XXI
Le passé

La nuit, l'insomnie tenaillait Jean. Depuis quelque temps, il n'avait plus de nouvelles des siens. Sa sœur Anaïs était en maison de repos. Mathieu, son frère, perdait la mémoire. Quant à ses neveux et à ses nièces, il arrivait tout juste à les reconnaître dans la rue quand il les croisait. Appuyant sur le bouton électrique de la veilleuse, il se leva et se glissa dans son fauteuil, près de la fenêtre. Souvent, il était trois heures du matin. Une seconde, il prêta l'oreille. Dehors, sous la lumière bleutée du lampadaire, des moucherons valsaient. Le vent était tombé. Un chien errant vagabondait dans la rue. Une tribu de chats rôdait autour des poubelles. Jean en comptait six, peut-être sept, avec ce *noir* qu'on apercevait mal dans l'obscurité.

Vieillir, c'était faire un pas de plus vers le pays des ombres, vers le jardin des cendres. Jean se sentait tiède et langoureux comme un mois de septembre qui annonçait une bonne vendange.

Au fond, il ne savait pas dire grand-chose, même s'il lisait Temple, Carriere ou Milovanoff, ces frères de pays, il vivait ses dernières années dans une sorte de bonheur triste, mais sans regret. Comme tous ceux de sa lignée – ou presque – il n'était guère bavard.

Si, en ce moment, il se mettait à danser en chemise, nul ne le verrait. Il fit un geste fatigué, caressa l'accoudoir du fauteuil. La nuit pesait sur ses épaules.

Le soleil de septembre ramenait chaque année le cycle des montagnards qui descendaient pour les vendanges. Il se souvenait de ce mois heureux, de ses reins brisés par le charroi des premières comportes sur la tête, des filles qu'il fallait aider et qui riaient dans votre dos parce qu'elles connaissent leurs charmes. La maisonnée à cette époque était pleine de monde.

La grand-mère Foulquier de Cadole était assoupie sur le pas de la porte où elle faisait semblant de lire le journal, le cou droit, la tête sous sa capeline noire. Parfois, une vendangeuse, son panier à la main, passant devant elle, la saluait. « Bonne soirée, madame de Cadole ! » Elle sursautait légèrement, grognait un *au revoir* poli. Jean aimait cette saison de l'année. Une sorte de lumière mélancolique et dorée s'insinuait partout. Les guêpes, tout près de leurs nids qu'on découvrait au dernier moment, voletaient dans les souches. Les comportes étaient lourdes, cela voulait dire que la récolte était belle. Le charretier conduisait le tombereau au cellier de la maison où de jeunes gens foulaient à pieds nus le raisin avant que le *vojaire*[39] le vide par l'ouverture de la cuve. La chaleur ardente se collait partout : dans les herbes où les grillons s'assoupissaient, sous le figuier où les mouches elles-mêmes ne donnaient plus signe de vie. C'était l'heure où l'on sortait de la *posaraca*[40] les bouteilles rafraîchies.

La nuit, Jean, insomniaque, revoyait son passé. Il courait à nouveau sur les chemins de sa jeunesse. Les rires éclataient dans sa mémoire. Les odeurs montaient de la terre. Un voisin, un certain Rivière, avait perdu son cheval. Il était venu demander l'aide de la famille. Les orages grondaient et il fallait rentrer la récolte. Que faire ? Trouver un prétexte pour dire *non* au vieil homme ? Jean était jeune en ce temps-là. Finalement, avec la *còla*[41], il vendangea la vigne du père Rivière. Sa fille, une brunette bien en chair, lui fit les yeux doux. La fin de la journée mettait autour d'eux une couleur violette, modeste et périssable. Il avait chuchoté à l'oreille

39. Celui qui vide la vendange dans la cuve (occitan).

40. Puits à bascule (occitan).

41. Équipe de vendangeurs (occitan).

de la jeune fille qu'il s'intéressait à la terre, que ce qu'il demandait à la vie, c'était une femme et des enfants qui la travaillent.

Elle lui avait répliqué en hochant la tête que, sans la femme, la terre ne valait rien. Il avait souri. En voilà une qui n'avait pas la langue dans sa poche.

Chapitre XXII
Le cahier

Quelquefois, avec Pauline, ils échangeaient des *morceaux de vie*, des souvenirs. C'était une sorte de jeu entre eux. Pauline nota sur le gros cahier où ils écrivaient tous les deux :

20 septembre.

En 10, la voie de chemin de fer a coupé la plaine en deux. La ligne nous a séparés des autres villages. Ma mère nous racontait que, lorsqu'elle était enfant, le train lui faisait peur avec sa tête flamboyante qui crachait la fumée et ululait, le soir, à l'heure où dans les campagnes on craignait les loups.

Le tour de Jean était venu.

— Écris, chuchota-t-elle, tu sais créer, toi.

Les yeux plissés, Jean l'observa. Il pensa que c'était une chose insignifiante ce livre qu'ils rédigeaient tous les deux. La maison se teintait de reflets dorés. Qui pouvait encore s'intéresser au Bas Pays disparu, à la langue en train de mourir, au cheval chassé de la cité par des automobiles luxueuses ?

— Peut-être qu'ils le liront, un jour… disait-elle.

— Oui, grognait Jean qui pensait à la phrase qu'il était en train d'écrire, ils le liront… Un jour, quelqu'un le lira… Mais qui ? Et quand ?

Le soir tombait.

Mon père aimait la terre. Dans les vignes, il était toujours à son aise. La chasse, le ramassage des escargots, un paysage qui se dévoilait soudain sous la pluie… Et c'était la fête !

Autrefois, ce mot de *fête* était magique, il éclairait comme la lumière électrique qui, parfois, vous ouvrait les portes obscures d'un petit coin de paradis.

Jean cherchait tous ces mots qui lui rappelaient les bonheurs d'antan et, avec les mots, il retrouvait les parfums, les bruits, les odeurs de la vie. La fumée *rassise*, le bout de pain que l'on *mangeottait, le châtrage* d'une roue de charrette et les *pètes* quand les chèvres rentraient à l'étable. Il y en avait beaucoup de ces mots que Jean aimait passionnément, qu'il cueillait et notait pour ne pas les oublier dans son petit carnet noir. Pauline le disait amoureux des mots. Ils le faisaient rouer tel un paon.

*

Ce jour-là, il marchait en s'appuyant sur sa canne. C'était l'hiver. Dans la petite cité, tout paraissait en ordre. Il était rentré chez lui en courbant l'échine et en soufflant. Le froid mordait. Dans la soirée, la neige fit son apparition. Ce fut un jour pareil que son aventure humaine commença. Il était né un matin neigeux sous l'occupation, nuit et brouillard. Quand il fut dans la cuisine, il se regarda dans le petit miroir qui se trouvait au-dessus de la cheminée. Plus tard, il prendrait un café et relirait *Clope*.

Ce fut alors qu'on frappa à la porte. Jean alla ouvrir. C'était l'aveugle. Il le fit entrer.

— Baptiste, essuie tes pieds !

L'homme se pencha, tendit la main.

— Seulement, je me disais…

— Entre, Baptiste, tu me diras après !

Baptiste se dirigea dans la nuit.

— Le feu…

— Oui, tiens, assieds-toi près de l'âtre, c'est là qu'on est le mieux.

— Je sens la neige, Jean, tu sais, à mes pieds.

— Froids ?

— Pas exactement cela, quelque chose comme une

annonciation, une lumière immobile qui tremble, là, à hauteur de ma main, une lumière que je ne vois pas. Et qui tombe sur mes pieds avec son tranchant, soudain glacé par l'absence, le vide mélancoliquement dévoré par un incessant oubli.

Ils passèrent plusieurs heures à discuter. L'aveugle était, comme Jean, un collectionneur de mots et d'historiettes. Ils avaient publié ensemble un petit livre sur les paludiers, ces faucheurs d'herbe du marais à l'époque où le canal, grâce aux sapinettes, permettait de transporter le vin du Bas Pays vers Toulouse.

Peu après le départ de Baptiste, la neige se mit à tomber comme il l'avait annoncé. Un vent glacé pénétrait maintenant dans les rues où chacun, bien vite, se calfeutra.

« Aquò es l'ecirada[42] », grogna Jean en soufflant sur ses doigts.

*

Pour la première fois depuis longtemps, Pauline resta deux semaines sans venir rendre visite à Jean. Elle craignait de glisser sur le sol verglacé. Elle rédigea une note courte *pour le livre*, comme elle disait. Le livre de

42. Ça c'est *l'ecirada*. Vent tourbillonnant qui soulève la neige (occitan).

quoi, le livre pour qui ? Elle n'en savait rien. Le livre de deux artistes du souvenir, un gros cahier rempli de messages qu'ils composaient soigneusement avant de les jeter dans l'avenir comme une bouteille à la mer. De son écriture d'écolière appliquée, Pauline rédigea.

3 octobre

Mon père rentrait du travail vers 19 heures. Il nous embrassait, puis il tombait la veste. Ensuite nous mangions la soupe, une bonne grosse soupe avec des légumes, ordinairement complétée par un reste de viande.

Puis venait la fricassée de pommes de terre, du fromage, un fruit au couteau ou une compote. Le père buvait un verre de vin tandis que la mère s'agitait à desservir la table.

Sous les doigts de Pauline, le mécanisme de l'écriture fonctionnait avec douceur. Elle utilisait un porte-plume ancien sur lequel on voyait, accrochées à un brin de muguet, trois hirondelles qui étaient comme des clochettes. La plume crissa légèrement sur le papier. Pauline fit entendre un petit rire qui fusa. À quatre-vingts ans passés, le moindre détail avait de l'importance : un visage reconnu, de minuscules lumières dans la nuit. Mais la flamme du jour, les mots de la phrase, se demanda-t-elle, la musique ? Il nous faudrait allumer les bougies de l'âme ! Ce qu'il y avait de merveilleux ; avec les mots, c'est qu'ils ne se laissaient pas conquérir par le premier venu. Ainsi *botte* pouvait recouvrir plusieurs réalités. Au XVIe siècle, la botte fauve était attachée au-dessus du genou par une jarretière. *Elle est haute et souple*, écrivit un chroniqueur de l'époque, *ornée de broderie*. Au XVIIIe, on retrouvait les bottes à l'écuyère ou les bottes à la Souvaroff.

N'importe. Il arrivait parfois que Pauline s'amusât à courir sur l'extrémité d'une crête. En ce moment, elle jouait avec le mot *robe*. Elle imaginait une robe en mousseline des Indes, coton blanc, broderies en soie polychrome et paillettes dorées, ou une robe en gros de Tours damassé bleu et crème, passementerie en soie blanche. Elle se plongeait alors dans les mots *soie blanche satin gris*, puis elle faisait couler deux gorgées d'eau fraîche sur ses lèvres. Dans ses histoires, il y avait toujours un vieil homme assis sous un arbre qui était amoureux du passé. Il la regardait. Il lui souriait : « Pauline, chuchotait-il, vous êtes semblable à une Ronde de Bordeaux. » Connaissait-il le soleil de son cœur qui était brûlant ?

Pourquoi est-ce qu'elle ne parlait pas plus souvent de ses enfants, Fausto et Gino ? Jean l'interrogeait. Alors elle confiait au cahier quelques notes de sa composition.

Gino était médecin, il fumait le cigare et sa femme, aux yeux de Pauline, était une péronnelle sans cervelle qui ne pensait qu'à dépenser l'argent du foyer. Quant à

Fausto, il était diplomate en Amérique du Sud. *La vie n'est plus la même*, écrivait-elle. *Nous autres, il nous faudra bientôt fermer les yeux. Notre temps est passé.*

Pauline, semblable à tous les humbles, avait des goûts simples. Elle aimait la saveur d'une orange, faisait son régal d'un croûton de pain. Dans sa cuisine, elle écoutait la radio, ça lui tenait compagnie. De la fenêtre, elle pouvait voir les habitants vaquer à leurs occupations. Des hommes et des femmes qui marchaient enivrés par le bruit de la vie. Ses voisines, la grande Paula qui, tous les jours, changeait de vêtements, Zita la Marocaine, Alexandra l'infirmière traînaient chaque matin leurs marmailles à l'école.

Pauline se disait que les temps avaient bien changé, que la terre regorgeait de bruits, de cris, de voitures.

Quand elle était plus jeune, elle aimait quitter la ville et se promener dans les champs, marcher sur l'herbe rase que la gelée blanche l'hiver avait brûlée, ramasser des souches mortes pour le feu. C'était un temps de pleine liberté et de bonheur. Quand elle parcourait la garrigue, elle grimpait dans les collines. Souvent, elle amenait Gino et Fausto. Les enfants descendaient dans les combes en courant. Combien de moments pareils avait-elle vécus qui, maintenant, n'étaient que souvenirs à demi effacés par le temps ?

Elle était comme un arbre dans la forêt muette de

l'absence. La vie radieuse, de sa verve puissante, la tenait éveillée. Vivre dans deux pièces, si loin de ses enfants, de ses petits-enfants... Quelquefois, apercevant un jeune homme qui passait devant la fenêtre, elle pensait à Fausto. Le *jean* moulant, les épaules dures, les mains ouvertes, la tignasse au vent.

Non, ce n'était pas son fils. Elle lui écrira, dans un mois, pour sa fête en Amérique du Sud.

Voilà tout. Demain, elle invitera Jean à prendre le café. L'amitié était chose rare à leur âge. Cela faisait sourire quand elle le présentait : « Jean, mon ami. »

Dans la vie, elle n'avait jamais eu beaucoup de relations et elle le regrettait. Cela la mettait de bonne humeur quand elle lisait cette écrivaine à la mode qui affirmait : « Qu'est-ce que l'amitié, sinon un reste ? »

Ses liens avec Jean étaient une goutte de miel, moments où ils chantaient façonnant la seconde vécue, frémissants encore de beauté, dans la solitude du crépuscule. Elle n'avait jamais eu envie de mourir, même au plus noir de sa vie, lorsque Dante était parti pour ce pays qu'elle appelle *le jardin des cendres*, et qu'elle s'était retrouvée seule, pleurant de désespoir sur la tombe ouverte.

Depuis, elle avait souvent pensé au corps de Dante, à ses solides épaules, à sa taille, à son cou, mince et fragile comme celui d'un cygne. Une carrure de gagneur brutalement abattu par la maladie.

Dante. *Mon mari est un dieu que la mort a terrassé*. La mort : une porte que l'on fermait ou que l'on ouvrait. Le silence sur soi regardé. L'exil éternel, le noir absolu. Aujourd'hui, que lui restait-il à découvrir ? Le monde d'autrefois était prospère, les hommes et les femmes travaillaient durement dans les champs ou à l'usine, comme elle. Mais on savait se retrouver sous l'ombre légère des micocouliers.

Notre vieux paradis s'est effrité, pensait Pauline. Oubliés, l'odeur entêtante des fleurs, le bourdonnement des abeilles, le frémissement du jujubier dans le jardin, le goût sucré du raisin.

Elle se revoyait, ramassant des sarments ou des poireaux de vigne le dimanche, goûtant des fleurs d'acacia dans la lumière du jour. Dante disait que le souvenir du pays le submergeait toujours lorsqu'il pleuvait. Elle, c'était dans la clarté qu'elle retrouvait les sentiers de son enfance, qu'elle ouvrait en cachette les portes du royaume d'Éden. Elle esquissa un sourire discret devant la glace. Dans sa chambre, la chaise de Dante trônait contre le mur. Le papier à fleurs s'était usé. Il lui semblait que le soleil lui-même était devenu mélancolique.

Chapitre XXIII
Le pays

Joë et Jean se promenaient autour des arènes.

— Tu vois, disait Jean, il y a bien longtemps, les troupeaux descendaient des Cévennes en longeant le fleuve.

— Les troupeaux ?

— Oui, mon enfant, et c'est là que cette chose a commencé. Un homme a touché les cornes du taureau sur les bords du Vidourle et la bête a dit : *Essaime jusqu'aux montagnes, donne chair à la mer, voici des graines que j'ai gardées vivantes pour toi. Sème-les dans le vent ; plante la vigne et l'olivier, pétris le pain, recueille l'eau de source. Ce pays t'appartient.*

— C'était qui, ce taureau ?

— On le sut plus tard, il se nommait *Corne parfaite*, il venait de la Voie céleste, il avait emprunté le chemin des étoiles.

Jean expliquait à Joë la naissance de Lunel.

— Quand la ville fut fondée, les eaux du marais reculèrent, les hommes allumèrent des feux de joie. La parole fut prononcée. Le taureau beugla.

Un cycliste passa, pédalant à toute vitesse.

— Prends garde, grand-père, tu pourrais te faire renverser !

— Oui, dit Jean, c'est dangereux ! Ils ne se rendent pas compte ! Viens, nous allons nous asseoir sur un banc.

Pour son âge, Jean jouissait d'une bonne santé mentale, *d'un parfait état d'équilibre*, affirmait le docteur Ramuse.

— Il va être bientôt midi, annonça l'enfant.

— Sache que le taureau, dans la mythologie, est l'animal de l'ardeur cosmique, c'est lui qui symbolise la chaleur qui anime tout être vivant.

Des enfants qui jouaient à la balle s'approchèrent du conteur. Une fillette fit glisser sa chevelure blonde sur ses épaules.

— J'étais sur le toboggan, monsieur, j'ai entendu que vous parliez du taureau.

— Oui, petite, dit Jean, je parle du taureau, pas de la course au raset, non, mais du taureau, cette sombre bête que nous portons en nous. Cette bête dont le sang a fondé la ville.

— Tu es manadier ? demanda un enfant, gardian ?

— Non, dit Jean, je ne suis rien de tout cela. Je suis un homme de la terre, un homme de ce pays.

Les enfants sont comme les étoiles : ils font tonner le silence. Ils apprennent vite. Le monde se transforme grâce à la matière.

Je suis né, je suis mort, c'est tout. La clef de l'essentiel se trouvait dans le geste de l'homme. L'inexprimable fondait ainsi les choses d'ici bas.

L'enfant demanda :

— Monsieur, c'est à cet endroit que poussait l'arbre-ancêtre ?

— Oui, l'arbre venait de la nuit du monde. Il poussa tout près de la source qui déversait son eau fertile dans le marais.

D'abord, ce fut un œil d'écorce.

Puis un bourgeon.

Puis une feuille couleur de cendre.

Puis une feuille d'émeraude.

Puis une feuille rouge.

Après, l'arbre se mit à vivre de sa cime.

Oui, chantait l'ancêtre : oui, que l'herbe pousse, que le soleil chauffe ! Et il secouait sa tête solitaire dans la lumière. Il apportait la vie sur terre.

*

— Qu’est-ce que tu fais, grand-père ?

Joë s’assit sur le rebord de la fenêtre. Dans le ciel bleu, les hirondelles valsaient en un ballet incessant. Le jet d’eau à la main, Jean arrosait les sabots du cheval.

— Je nettoie les pieds de Galibier, comme ça je vérifie qu’il n’a pas la fourbure ou la gale.

— À l’aube, papet, j’ai entendu passer la charrette du *Badaire*[43] !

— Et comment as-tu su que c’était la charrette du *Badaire* ?

— Au petit bruit qu’elle fait en grinçant.

— Ah !

— Elle craque d’une manière spéciale. Tu ne l’as jamais entendu passer, le *Badaire*, grand-père ?

Jean ouvrit de grands yeux.

— Une charrette, c’est une charrette !

— Oui, bien sûr, mais le bois de la charrette du *Badaire* chante.

— Il chante ? Et comment, il chante ?

— Il craque doucement. C’est une sorte de frémisse-

43. Personnage curieux. Badaud (occitan).

ment qui appelle à rêver sous les arbres ou à vivre dans la forêt.

Un sourire éclaira le visage de Jean. L'enfant courut dans la cour, puis il alla s'asseoir sur le banc. Ils partiront pour la vigne, sitôt le cheval attelé à la jardinière.

— Je vais te faire visiter mon domaine, déclara le grand-père.

Ils quittèrent les habitations pour emprunter un chemin bordé de murettes de pierres sèches. À présent, ils ne sentaient que la chaleur qui montait de la terre. Le vent jouait dans les cheveux blancs de Jean. Il ignora la main invisible de l'âge qui se posa sur son épaule. Un nuage tout rose s'approcha du soleil, puis déclina, assoupi sur les platanes de l'horizon.

Chapitre XXIV
Le monde à venir

Le temps n'arrivait pas à lézarder la patience de Jean. Les jours passèrent. Le blé, dans le champ de l'arbre mort, mûrissait. Le moment était venu de le faucher. Dès son plus jeune âge, Jean avait appris à manier la *dalha*[44]. Ce jour-là, il partit moissonner en blouse bleue, la faux sur l'épaule. Il n'avait pas oublié *l'aireta*, la petite enclume du faucheur. Il portait la pierre à aiguiser dans un étui suspendu à sa ceinture. C'était une corne de taureau remplie d'eau.

Et toujours le silence épais de la lumière. Puis il se mit à tonner. Un choc sombre et sourd qui retentit dans le dos de Jean. Le premier éclair. Puis encore un autre. Le vent d'une blancheur grise balaya le blé mûr. Jean, la faux à la main, recula d'un pas. Le vigneron n'avait rien pour s'abriter de la pluie.

44. Faux (occitan).

Il vacilla sous le coup de fouet qui lacéra sa tête. Quand il reprit connaissance, il était allongé au milieu des blés. Il respirait fort. L'air sentait le feu. Il avait un peu de mort sur les lèvres. Tel un animal blessé, il renifla l'eau qui coulait à ses pieds. Des grenouilles affolées sautaient dans tous les sens, un rat s'échappa à toute vitesse. La source était d'un faible débit, mais l'eau était fraîche. S'aidant de ses bras, il put se traîner jusqu'à elle.

Il était assoiffé, sa gorge était nouée, sa voix grinçante et inaudible. Il mouilla ses mains et les lécha. Un mot de reconnaissance lui vint aux lèvres qu'il prononça d'un cri rauque : *aiga*[45] ! Le mot dansait devant ses yeux. Puis un craquement se produisit qui attira son attention et un froid glacé et brutal l'envahit. C'était une sorte de rêve dans la nuit. Une lumière bleue l'aveugla. Le chant de l'eau pénétra en lui et le subjugua. Il crut entendre la voix douce de Jeanne lui parler de fraternité et de poètes. Il lui répondit qu'il ne pouvait bouger, qu'il était cloué au sol. La lumière l'irradiait. Il percevait la rumeur du vent dans le blé. Un bruit lointain de charrette dont le cheval se serait emballé. Peut-être la mer ou la mort. Mais que faisait-il ainsi étendu dans son champ de blé ?

45. Eau (occitan).

Il ne pouvait bouger, une main froide lui enserrait la tête. Il n'avait pas mal, il ressentait un engourdissement dans tout le corps. Il avala sa salive avec effort. La chaleur était accablante. Au-dessus de lui, durant quelques secondes, plana l'ombre d'un rapace en quête de proie.

Es la fin. I a pas degun[46].

Il voulut se redresser, mais n'y parvint pas. Il ragea intérieurement : le goût de la vie le possédait encore. La chaleur qui le harcelait l'assoiffait davantage. Une goutte d'eau perlait sur l'herbe. Il vit en elle l'image de son propre destin. Haletant, il tenta sans résultat de s'allonger sur le côté. De temps à autre, pour se donner du courage, il bougeait ses doigts gourds. Peu à peu, le regard fixé sur le bleu du ciel, il s'abandonnait à son rêve. D'une branche de l'arbre mort, un scorpion très vieux fuyait. Une araignée suspendue à un fil guettait une proie invisible. L'odeur du moût se faufilait sous ses narines. Il goûtait un grain de raisin passerillé après que la peau a éclaté quand les premières gelées font vieillir les arômes du fruit. Puis il frotta d'une main l'une de ses cuisses en essayant de chantonner. Une odeur fade montait de la terre. Il aspira quelques bouffées d'air. Plus tard dans la soirée, les chasseurs le dé-

46. C'est la fin. Il n'y a personne (occitan).

couvrirent. Il n'arriva pas à leur dire un seul mot. Il gesticula. Ils le conduisirent chez lui en voiture. Pauline appela le médecin.

*

Elle lui prépara une tisane de thym. Elle croyait au monde à venir.

— Le cœur s'affaiblit avec l'âge, lui dit-il, je n'ai plus besoin du passé pour vivre. Je n'ai plus d'avenir.

Depuis le matin, encore convalescent, il l'attendait avec ferveur dans sa maison que le vent ébréchait.

Elle lui prit la main qu'elle caressa avec douceur. Depuis quelque temps, une infirmière venait lui faire des piqûres.

— Pour le dos, chuchota-t-elle ce matin-là. Est-ce que vous avez soif, monsieur Estrine ?

Il hocha la tête. Elle lui apporta une tasse de café chaud. Quand le taxi arriva, il s'extirpa de son fauteuil.

Il avait une sorte de jaunisse qui lui mangeait tout le visage. Il embrassa Pauline sur les joues. Il regarda une dernière fois sa maison et monta dans le taxi.

— Gui de Chauliac[47] à Montpellier, dit-il au chauffeur.

Pauline eut un geste de la main :

47. Centre Hospitalier Universitaire.

— Je viendrai te voir !

Après, quand la voiture roula, il ne remarqua que ça : les vignes, les arbres, les enfants qui jouaient. Une chance de vivre un si beau jour ! Le lendemain, après l'opération, il se leva et se rasa. Son souffle était court, sa voix rauque. Il était brûlant. Avec cette fièvre, il n'irait pas à la mer de tout l'été. Le soir venu, il trouva qu'il s'étiolait.

Au fond, pensa-t-il, *j'avais comme un gros abcès.*

Dans la soirée, l'infirmière lui apporta une bouteille d'eau. Il lui dit qu'il avait encore de la fièvre. À midi, le lendemain, le chirurgien vint l'ausculter. C'était un homme sec, anguleux, le visage barré d'une épaisse moustache.

— Comment est le ciel ? lui demanda-t-il.

— D'un bleu pâle, monsieur Estrine, presque blanc.

Il soupira. Une grande lassitude s'empara de lui. Ses joues se creusèrent. Il déclara qu'il avait envie de se reposer. Dans la semaine, il ferait quelques pas dans le couloir. Il n'avait pas encore perdu l'habitude de bouger, de marcher. Mais l'opération l'avait affaibli. La lumière à la fenêtre se voila de gris. Quand il faisait un effort pour se redresser, la fatigue l'étourdissait, sa jambe devenait douloureuse. Dans la blancheur des draps, il se sentait aussi propre qu'un galet lorsque le torrent se retire. Il respirait très lentement.

Au soir tombant, il revit par la pensée sa mère qui venait vers lui. Elle était comme au temps où il était enfant, jeune et jolie. Le mistral faisait frissonner les arbres du parc. Il s'enfonça dans le lit, respira profondément. Un sentiment bizarre l'agitait. Il entrait dans un monde nouveau. La nuit était claire, les étoiles douces et lointaines. Sa mère s'approcha de lui. Il était tellement heureux de la voir qu'il en oublia sa faiblesse. Elle chuchota à son oreille des mots affectueux. Puis elle éteignit la lampe. Il s'endormit.

Lunel, 7 avril 2021

T.D.O Éditions, SARL

Composition, mise en page : TDO Éditions

ISBN : 978-2-36652-313-3

Réimpression décembre 2022

Sur les presses de GN Impressions

Dépôt légal octobre 2021